Friedrich Gustav Triesch

Neue Verträge

Lustspiel in vier Akten

Friedrich Gustav Triesch

Neue Verträge

Lustspiel in vier Akten

ISBN/EAN: 9783743425163

Hergestellt in Europa, USA, Kanada, Australien, Japan

Cover: Foto ©Andreas Hilbeck / pixelio.de

Manufactured and distributed by brebook publishing software (www.brebook.com)

Friedrich Gustav Triesch

Neue Verträge

Neue Verträge.

Lustspiel in vier Acten

von

Friedrich Gustav Triesch.

Wien.
Verlag von L. Rosner.
1880.

Ernst Possart

zugeeignet.

Mit dem vorliegenden Lustspiele hat sich der Verfasser an der, von der königlichen General-Intendanz der Münchener Hoftheater im Jahre 1877 veranstalteten Preisbewerbung (unter dem Motto aus Börne: „Die Tragödie idealisirt, das Lustspiel muß portraitiren.") betheiligt. Das Stück wurde von der Beurtheilungs-Commission im Juni 1879 zur Aufführung empfohlen und demselben von den Preisrichtern unter Veröffentlichung nachstehender Anzeige der Preis einstimmig zuerkannt:

Amtliche Nachricht.

„Nachdem die Beurtheilungs-Commission, welche von der königlichen Hoftheater-Intendanz eingesetzt worden war, um die zufolge der im August 1877 ausgeschriebenen Preisbewerbung eingelaufenen dramatischen Werke zu lesen, das Lustspiel „Neue Verträge" von Alexander Hartmann (pseudonym für Friedrich Gustav Triesch) zur Aufführung begutachtet hatte, und die ersten drei Aufführungen des genannten Werkes vorüber waren (am 1., 4. und 7. Januar), fand am 11. Januar im Bureau der königlichen Hoftheater-Intendanz die Sitzung statt, welche nach den Bedingungen des Preisausschreibens darüber zu entscheiden hatte, ob dem genannten Lustspiele der gestellte Preis zuzuerkennen sei. An dieser Sitzung betheiligten sich unter dem Vorsitze des General-Intendanten Baron von Perfall fünf Kunstfreunde, der königliche Director des Schauspiels und vier Regisseure. Nachdem Baron von Perfall die im Preisausschreiben gestellten Bedingungen verlesen, über die Besprechungen in der Presse und über die durch „Neue Verträge" erzielten Cassen=Resultate berichtet hatte, wurde die Discussion über den ästhetischen Werth der Dichtung eröffnet. Als deren Ergebniß wurde mit Stimmeneinheit beschlossen, daß dem Lustspiel „Neue Verträge" trotz einiger mehr oder minder in's Gewicht fallenden, doch unschwer zu beseitigenden Mängel der Preis schon deshalb zu ertheilen sei, weil das Bestreben des Verfassers, ein von den Elementen des modernen Schwankes sich frei haltendes und lediglich höheren ästhetischen Ansprüchen Genüge leistendes Lustspiel zu schaffen, die vollste Anerkennung verdiene.

Die Besetzung bei der am 1. Januar 1880 erfolgten ersten Aufführung am königlichen Residenztheater in München war folgende: Conrad — Hr. Häußer; von Wänkler — Hr. Possart; Max — Hr. Rhode; Baron Waldhof — Hr. Richter; Norton — Hr. v. Pindo; Schröffel — Hr. Herz; Dorothea — Frl. Weiß; Ludmilla — Fr. Dahn=Hausmann; Pauline — Frl. Werner; Emma — Fr. Ramlo.

* * *

Die erste Aufführung des Stückes am k. k. Hofburgtheater in Wien fand am 24. Mai 1880 statt und wurden die genannten Rollen von den Herren: Hallenstein, Schöne, Robert, Lewinsky, Mitterwurzer, Meixner, und von den Damen: Fr. Straßmann, Fr. Röckel, Frl. Heese, Frl. Hohenfels dargestellt.

Neue Verträge.

Lustspiel in vier Acten.

Personen.

Conrad, Großindustrieller.
Dorothea, seine Gemalin.
Max, sein Sohn.
Ministerialrath Baron Waldhof.
Ludmilla von Wänkler, Witwe, } dessen Töchter.
Pauline,
von Wänkler, Compagnon Conrads; Eigenthümer des Journals: „Der Tagesbote"; mit Ludmilla verschwägert.
Emma, seine Tochter.
Mr. William Norton, Secretär der englischen Gesandtschaft.
Schröffel, Procurist Conrads.
Stubenmädchen, } von Wänklers.
Diener,
Diener des Barons Waldhof.

Erster Act.

(Eleganter Salon. In der Mitte der Hinterwand ein Kamin; rechts davon der Haupteingang; links Thür zum Bureau. Seitenthür links führt in die inneren Gemächer Conrads, Seitenthür rechts in die Zimmer Wänkler's. Links erste Coulisse ein Fenster, vor demselben ein Schreibtisch mit einem kleinen gepolsterten Stuhle. Rechts vorne Sopha, Fauteuils und ein rundes Tischchen. In der Mitte der Bühne ein großer Tisch mit grünem Tuch; auf demselben Journale.)

Erste Scene.
Conrad. Schröffel. Später Diener.

Conrad (einen Brief in der Hand haltend). Wie gesagt, lieber Schröffel, lassen Sie die Antwort in diesem Sinne schreiben; kurz und energisch.

Schröffel. Energisch.

Conrad. Aber doch dabei nicht scharf, sondern ganz höflich; hören Sie... ganz höflich und drehen Sie die Sache so... daß... (unschlüssig) daß mein... verstehen Sie... denn... mit einem Worte — Sie schreiben etwa: im Falle sich die Verhältnisse nicht anders gestalten sollten, so... so... oder im Falle die... die... (räuspert sich) nun Sie wissen genug; Sie haben mich verstanden.

Schröffel (trocken). Nein.

Conrad. Nein? Ich bin der Ansicht, daß ich mich deutlich ausgedrückt habe.

Schröffel. Ich nicht.

Conrad. Sie haben mich also wirklich nicht verstanden?

Schröffel. Nein.

Conrad (ungeduldig). So wäre es nöthig, daß ich den

Brief selbst schriebe; man sollte fürwahr Alles selber machen. (Gibt ihm den Brief zurück.)

Schröffel (brummend). Damit weiß ich aber noch immer nicht, was geantwortet werden soll.

Conrad. Fürs Erste ist die Sache nicht von so großer Wichtigkeit; der Brief liegt erst seit zwei Tagen hier —

Schröffel. Seit drei Tagen.

Conrad (immer ärgerlicher). Seit zwei Tagen.

Schröffel (kalt und trocken). Seit drei Tagen; vom Siebenten bis Zehnten, das sind nach Adam Riese drei Tage; nun, und fürs Zweite?

Conrad (zornig). Fürs Zweite muß ich Ihnen wiederholt die Bemerkung machen, daß Sie mit jedem Tage unhöflicher werden.

Schröffel. Sie auch, Herr Conrad.

Conrad. Unterbrechen Sie mich nicht! — Sie vergessen immer, daß, wenn Sie auch seit vierzig Jahren —

Schröffel. Seit einundvierzig —

Conrad. Seit einundvierzig Jahren! ein tüchtiger und verläßlicher Mitarbeiter unseres Hauses gewesen sind, Sie doch in meiner Person Ihren Chef vor sich haben, dem Sie Achtung schulden.

Schröffel. Verläßlicher Mitarbeiter gewesen — (mit Nachdruck) gewesen? — Sie haben Recht, ich tauge nichts mehr; Sie müssen sich nach jüngeren Kräften umsehen.

Conrad. Sie mißdeuten meine Worte absichtlich, Sie alter Narr! Sie wissen recht gut, daß Sie mir mit Ihren Erfahrungen, mit Ihrem Wissen gradezu unentbehrlich sind. Aber was schwatz' ich da lange mit Ihnen; Sie werden ja doch nicht mehr anders, Sie alter Brummbär.

Schröffel (brummend). Damit haben Sie Recht; anders werd' ich nicht mehr. (Diener bringt Blumen.)

Conrad. Was ist? Ach ja — beinahe hätt' ich vergessen, (nach rechts deutend) rasch hinein! (Zu Schröffel.) Blumen zum Empfang unsrer kleinen Emma. Der Vater muß für den Sohn galant sein. Sie wissen ja, daß meine Frau und Emma mit dem Schnellzuge ankommen. Das ist die Ursache, daß ich ein wenig aufgeregt bin; verstehen Sie mich, lieber Alter? (Faßt ihn am Ohr.) Und Sie haben mich gereizt, denn Sie waren wirklich grob mit mir.

Schröffel (auffahrend). Ich und grob? 's gibt keinen höflichern Menschen!

Conrad. Verschlingen Sie mich nur nicht gleich wieder! (Schröffel brummt.) Ja, ja; Sie sind der artigste, der zuvorkommendste Mensch unter der Sonne, — Brummbär Sie! (Rasch rechts ab.)

Zweite Scene.
Schröffel (allein).

Schröffel. Mich will er grob nennen! Mich, der ich principiell immer freundlich und zuvorkommend bin, selbst dann, wenn ich am liebsten... (Ballt die Faust. Pause. Nachsinnend.) Hab' ich sonst nichts zu fragen gehabt? — Nein. (Ein Päckchen Schriften durchsehend.) Die Vollmacht unterschrieben? — Ja. Die beiden Eingaben vidimirt? — Ja. (Mit Befriedigung.) Alles in Ordnung. Ich kann also gehen? — Ja. (Geht.)

Dritte Scene.
Schröffel. Max (mit Hut und Handschuhen durch den Haupteingang).

Schröffel. Wie, Herr Max, Sie sind nicht auf dem Bahnhofe, Ihre Braut zu erwarten?

Max (unwillig). Sagen Sie, Fräulein Emma; vorläufig ist sie meine Braut noch nicht.

Schröffel. Ei, ei, verdrießlich, verstimmt! Was ist denn wieder los?

Max. Ich komme von einer vertraulichen Besprechung mehrerer Mitglieder der Fortschrittspartei; was glauben Sie, welche Ueberraschung mir dort zu Theil wurde? (Ueberreicht ihm eine Zeitung.)

Schröffel (liest). Die gestrige Nummer des „Tagesboten?" Was ist's damit?

Max. Da — dieser Artikel über den projectirten Handelsvertrag. Es ist unverantwortlich! Man traut seinen Augen nicht: Wänkler, ein Eisengewerksbesitzer, — öffnet einem solchen Artikel die Spalten seines Journals! — Und der Artikel ist leider geschickt abgefaßt, die Sachlage so dargestellt, daß, wer nicht genau unterrichtet ist, leicht irregeführt werden kann, ja irregeführt werden muß.

Schröffel (liest, schüttelt den Kopf). Nicht übel!

Max. Den Wünschen und Plänen eines ehrgeizigen Ministers soll da wieder einmal das Wohl von Tausenden aufgeopfert werden. Man will die Welt glauben machen, es handle sich um das gute Einvernehmen mit England. Mit ein paar Schlagworten glaubt man die Sache abgethan, und so soll mit einem Federzug der Untergang dictirt werden einem ganzen Industriezweige, der von Jahr zu Jahr mehr emporblühend und sich entfaltend der Stolz unseres Vaterlandes geworden wäre.

Schröffel. Ja, das nennt man die hohe Politik! Aber — ruhig Blut, Herr Max; vergessen wir nicht, daß wir denn doch in einer Zeit leben, in der ein gewaltiger Factor was dreinzureden hat: die öffentliche Meinung.

Max. Guter Herr Schröffel, was ist denn „öffentliche Meinung"? Das Urtheil der Menge, oder besser gesagt, die Ansicht der Menge und zwar jene, die eben die verbreitetste ist. — Ist sie darum aber auch die richtige? Fassen Sie hundert Köpfe aus der Menge heraus: mindestens die Hälfte darunter gehört aus Denkunfähigkeit zu Jenen die eifrig nachplappern, was ihnen in wohlgedrechselten Phrasen mundgerecht und so zu sagen „hirngerecht" gemacht worden ist. Haben Sie schon beobachtet, wie dort, wo gebahnte Wege fehlen, die Fußpfade sich in ganz merkwürdigen Krümmungen hinschlängeln? Von der Haupteigenschaft der Menschen zeugt dies: mit Vorliebe in den Fußstapfen eines Vorgängers nachzutappen.

Schröffel. Sie haben Recht; aber es bleiben uns immerhin noch die zweiten Fünfzig.

Max. Die man wohl in zwei Kategorien wird eintheilen können; die erste: Jene, die aus Princip, nur um nicht dasselbe zu sagen, wie die Anderen, Opposition machen; meist Hohlköpfe, Kläffer, die ohne Bedeutung sind; die zweite: Jene, die wirklich die Befähigung besitzen, ein gesundes Urtheil abzugeben. Von dieser kleinen Schaar halten die Einen aus Apathie, die Anderen aus Egoismus, wieder Andere aus was immer für Rücksichten mit ihrer Meinung hinterm Berge, und so bleibt schließlich nur ein kleines Häuflein von Männern übrig, die den Muth haben, das, was sie denken, auch offen auszusprechen und zu verfechten.

Schröffel. Zugegeben! aber unter diesen Männern sind auch solche wie Sie, Herr Max, deren Wort gewichtig ist, und die als Vertreter des Volkes schon zur gehörigen Zeit ihre Stimmen erheben werden.

Max. Lieber Herr Schröffel, wir haben's oft erlebt, wie die Stimme des Einzelnen verhallt ist, ohne Gehör zu finden. Sie wissen wie die Menge sich oft durch ein Schlagwort elektrisiren läßt, und wie die Umstände sich zuweilen so zuspitzen, daß, wer es am ehrlichsten meint, plötzlich in eine schiefe Lage gebracht wird. Das ist's, warum ich so besorgt bin, und mir ahnt, daß ich noch viel Verdruß mit dieser Sache haben werde.

Schröffel. Sie fürchten, mit Herrn von Wänkler in Zwietracht zu gerathen, der es Ihnen noch immer nicht verziehen hat, daß Sie seine Erfindung, oder besser gesagt, die — (lachend) seines Ingenieurs: das großartige neue Hochofen-System — als undurchführbar bezeichnet haben.

Max. Mit Wänkler? — Das wäre mir das Geringste; aber mit meinem Vater! Denn so gewiß ich bin, daß er anfangs den Standpunct der Vernunft einnimmt — so sehr fürchte ich, daß Wänkler ihn nach und nach beeinflussen wird, mit Hülfe seiner gelenkigen Zunge, die in rastloser Bewegung ist, wie die Blätter einer Birke, die der Wind bestreicht.

Schröffel. Sagen wir lieber, wie das Rad einer Dampfmühle.

Max. Der Gedanke an einen Conflict mit meinem Vater hat für mich etwas unsagbar Peinliches —.

Vierte Scene.
Vorige. Conrad.

Conrad (hereineilend, zu Max). Ah, da bist Du endlich! — Sie kommen, sie kommen; eben steigen sie aus dem Wagen! Emma sieht Dir aus; na, Du wirst staunen! (Max mit sich fortziehend, durch den Haupteingang ab.)

Schröffel (nachdenklich). Hm, hm, hm; dem guten Herrn Max liegt jedenfalls noch irgend etwas auf dem Herzen. (Ab. ins Bureau.)

Fünfte Scene.
Max. Conrad. Wänkler. Dorothea. Emma mit Stubenmädchen und Diener.

Dorothea (ebenso wie Emma in Reisekleidern, übergibt Hut und Plaid dem mit Schachteln bepackten Stubenmädchen, welches mit dem das Gepäck tragenden Diener nach rechts abgeht). So wären wir endlich wohlbehalten an Ort und Stelle!

Wänkler (nach neuester Mode gekleidet, Haar und Bart äußerst sorgfältig gepflegt, in der Hand ein Spazierstöckchen; spricht in raschestem Tempo). Frau Conrad, nochmals herzlichsten Dank für die gehabte Mühe; herzlichsten Dank! Sie sind wahrhaftig ein Engel an Güte! (Zu Conrad.) Emma sieht prächtig aus! (Zu Dorothea.) Daß Sie sich der Mühe unterzogen haben, mein Töchterchen zu holen... die weite Reise...

Dorothea. Genug davon, Herr Wänkler; für mich war es ja auch eine sehr zweckmäßige Luftveränderung.

Wänkler. Sie wollen Ihr Verdienst schmälern, verehrte Frau; das ist zu viel Bescheidenheit; (führt ihre Hand an seine Lippen) zu viel der Güte. (Zu Conrad.) Aber meine Schwägerin Ludmilla war nicht auf dem Bahnhofe. (Zu Emma.) Seit wie lange ist Pauline aus dem Pensionate?

Emma (auffallend laut). Seit zwei Jahren, Papa!

Wänkler. Kräftiges Organ hat sie, meine Tochter; das hat sie von mir.

Emma (zu Frau Conrad, sehr laut). Nicht wahr, gnädige Frau, seit zwei Jahren?

Dorothea (sehr pikirt). Jawohl, aber ich versichere Dir, liebe Emma, daß ich ganz gut höre.

Conrad (leise zu Max). So befasse Dich doch mit ihr, Du thust ja ganz fremd. (Laut.) Max war ganz unglücklich darüber, daß er nicht auf den Bahnhof kommen konnte, — ja wenn man Volksvertreter ist, da gibt's strenge Pflichten.

Aber dafür hat er's auf Ihrem Zimmer (nach rechts deutend) an duftenden Empfangsvorbereitungen nicht fehlen lassen; ein Rosenbouquet ist darunter — na, das muß man sehen. (Leise zu Max.) Mach' kein so erstauntes Gesicht, ich habe die Blumen besorgen lassen.

Emma. Ach, da eile ich rasch; denn ich liebe nichts so sehr, wie schöne Rosen. (Zu Max.) Im Voraus lieber... (verlegen) Herr... Herr Doctor, danke ich Ihnen herzlichst.

Max (Conrad verlegen anblickend). Mein Fräulein...

Wänkler (Emma, die forteilen will, zurückhaltend). Heda, noch ein Wort. Was hab' ich da hören müssen? — „Herr Doctor?" — „mein Fräulein?" — Conrad, was sagen Sie dazu? sprachen doch die Beiden miteinander, als sähen sie sich heute zum ersten Male. (Zu Dorothea.) Wie lange ist's, daß sich die jungen Leute nicht gesehen haben? (Dorothea will antworten, Wänkler ohne sie zu Worte kommen zu lassen). Zwei Jahre — gut denn, zwei Jahre — (Da Dorothea eine verneinende Geberde macht und etwas sagen will) drei Jahre, drei Jahre —

Emma (sehr laut). Aber, Papa, es sind schon —

Wänkler (noch lauter). Gut, sagen wir vier Jahre; nun, wenn es schon vier Jahre sind —

Emma. Es sind genau fünf —

Wänkler (einfallend). Fünf Jahre? — Das ist nicht möglich; denn Du warst einmal während der Ferienzeit hier.

Conrad. Damals war Max, wie ich mich genau entsinne —

Wänkler (rasch einfallend). In Lüttich, in Lüttich! (Conrad wendet sich zornig ab.) Jawohl, das weiß ich. Ah, auf mein Gedächtniß kann ich mich verlassen.

Conrad. Da fällt mir übrigens ein, daß damals —

Wänkler (ihn unterbrechend). Ja, allerdings; dann mag's fünf Jahre sein, daß sich die jungen Leute nicht gesehen haben.

Conrad (macht nochmals vergeblich den Versuch, etwas zu sagen, dann wendet er sich, in den Bart brummend, zu Max).

Wänkler. Fünf Jahre! — Aber, wenn schon; waren sie

nicht vorher zehn Jahre — nein, hm — dreizehn Jahre lang wie Geschwister? Erinnern Sie sich noch, Max, wie Emma Ihnen immer, wie ein kleiner Lakai, Ihre Bücher, Ihre Hefte, Ihre Zeichnungen geduldig in den Garten nachschleppte, und wie sie dann später...

Sechste Scene.
Vorige. Diener. Ludmilla. Pauline.

Diener (öffnet die Mittelthür, dann ab).

Ludmilla. Guten Morgen! (Gegenseitige Begrüßung.) Ah, ist Emma groß geworden! (Ludmilla und Pauline küssen und umarmen Dorothea und Emma. Max begrüßt Pauline aufs Freundlichste. Während der folgenden Scene unterhält sich Pauline mit Emma und zieht Max ins Gespräch.)

Wänkler. Es hieß, schöne Schwägerin, daß Sie auf den Bahnhof kommen würden. (Führt ihre Hand an seine Lippen.)

Ludmilla. Es war unsere Absicht, da wir uns aber —

Wänkler (einfallend). Verspäteten — verspäteten!

Ludmilla. Nein, da wir uns dachten, daß es besser sei —

Wänkler (einfallend). Direct hierher zu kommen; jawohl, jawohl. Das Gedränge auf dem Bahnhof, das Gewimmel; man übersieht sich, wie es so häufig vorkommt. — Nun, und was sagen Sie zu Emma? Würde Jemand, der uns nicht kennt, glauben — (Max zunickend und mit Emma auf und ab promenirend) daß sie meine Tochter ist?

Ludmilla. Man hielte sie für —

Wänkler (einfallend). Für meine Schwester; jawohl, jawohl!

Ludmilla. Nein — ich wollte sagen, für —

Wänkler. Für meine Frau, meinen Sie? Ja, das muß ich selbst sagen: für den Vater einer bereits heiratsfähigen Tochter hält man mich meinem Aussehen nach nicht. (Selbstgefällig.) Man hat sich so ziemlich conservirt; freilich habe ich auch sehr jung geheiratet, — bin daher immer noch in dem Alter...

Ludmilla (mit dem Finger drohend). In dem man Eroberungen machen kann.

Wänkler. Eroberungen?

Ludmilla (sich umsehend). Aber Frau Conrad und Emma haben sich noch nicht der Reisetoilette entledigt und wir stehen da und plaudern.

Pauline (zu Emma). Wir machen den Anfang, Emma.

Emma. Ach, ich habe Dir so viel zu erzählen. (Nimmt Paulinens Arm.)

Wänkler. Das läßt sich denken! — Ein Vergnügen, was sie für ein Organ hat.

Dorothea (die Thür öffnend). Wenn's gefällig ist, meine Herrschaften. (Pauline mit Emma und Ludmilla nähern sich der Thür rechts).

Wänkler. Schöne Schwägerin, Sie schulden mir noch eine kleine Erläuterung...

Ludmilla (sich nochmals umwendend, zu Max). Lieber Herr Max, bald hätte ich vergessen, Ihnen noch vielmals zu danken für Ihre große Bemühung; ich werde nächstens den Antrag stellen, Sie zum Ehrenmitgliede unseres Vereines zu ernennen.

Max (verbeugt sich, lächelnd). Sie wissen, gnädige Frau, daß es mir immer ein Vergnügen ist...

Ludmilla (ihm ein Blatt überreichend). Und hier — wieder eine große Bitte: der Aufruf für die armen Bewohner von Mittelsdorf, das abermals von einer großen Feuersbrunst heimgesucht wurde. — Nicht wahr, Sie sind so gütig, ihn ein Bißchen zu feilen; er ist nicht schlecht gemacht, — was meinen Sie, von wem?

Pauline (eine abwehrende Bewegung machend, halblaut). Vergiß nicht, was Du versprochen hast!

Ludmilla. Ja, das Geheimniß muß heraus. Der Aufruf wurde verfaßt, — von einer der rührigsten, thätigsten Damen unseres Comités — (komisch feierlich) von Baronesse Pauline von Waldhof!

Wänkler. Na, aber auf den Aufruf bin ich gespannt. (Max verbeugt sich vor Pauline, die lächelnd mit den Achseln zuckt.)

Wänkler. Ja, nicht nur wir sogenannten Herren der Schöpfung wissen mit der Feder umzugehen; das schwache

Geschlecht macht uns starke Concurrenz. Hahaha! (Zu Conrad.) Haben Sie gehört?

Ludmilla. Spotten Sie nur!

Wänkler (sie ein paar Schritte vorführend). Spotten? Ihnen gegenüber spotten, verehrungswürdigste Schwägerin?! (Will ihre Hand küssen.)

Ludmilla (leise). Sie vergessen schon wieder ...

Wänkler. Sie sind grausam; aber Gott sei Dank! die Stunde der Erlösung ist nicht mehr fern. Sobald Emma verlobt ist —

Ludmilla. Erst wenn sie verheirathet ist ...

Wänkler (feurig). Aber dann — dann wird der langgeschlossene Vulcan —

Ludmilla. St! (Wänkler küßt ihr die Hand. Sie wendet sich zu Max.) Also, Herr Doctor, nicht wahr, ein bißchen Feile und hie und da noch etwas Farbe; roth und schwarz, — gräßliches Elend, — das nackte Leben, — rauchende Trümmer, — das packt, das wirkt! (Reicht ihm die Hand.) Sie verstehen das übrigens besser als wir. (Ab mit den Damen.)

Wänkler. Ja, das versteht er. (Nachrufend.) Schöne Schwägerin, ich komme noch mir Aufklärung zu holen.

Siebente Scene.

Max, Conrad, Wänkler.

Wänkler (zu Conrad). Haben Sie gehört: das schwache Geschlecht mit der starken Concurrenz. Sie glauben nicht, wie mir heute wieder die witzigsten Einfälle förmlich zuströmen; aber, um nicht vorlaut zu erscheinen, geb' ich die wenigsten zum Besten!

Conrad. Ist das möglich?

Wänkler. Ja wohl; die meisten schluck' ich hinunter.

Conrad (bei Seite). Ein wahres Glück.

Wänkler. Nun aber, mein lieber Max, was sagen Sie zu Emma? Ist nicht ein schönes Mädchen aus ihr geworden? Hm? Wie? — Und ihre Manieren, ihre Tournüre, ganz meine selige Gattin, — nur das Auge: ich glaube, das hat sie von mir.

Max. Ich hätte Emma, wenn ich ihr begegnet wäre, wirklich nicht erkannt.

Wänkler. Nicht erkannt? Na freilich wohl; sie hat sich sehr entwickelt; aber was das Auge betrifft, den Blick, daran hätten Sie sie sofort erkennen müssen. (Zu Conrad.) Sagen Sie, ich täusche mich doch nicht, aber je mehr ich nachdenke, desto mehr finde ich, daß sie ganz mein Auge hat. Ich bin nicht eitel, aber das hat man mir unzählige Male gesagt, daß ich mit einem Auge begabt bin, wie ein Edelfalke; daß mein Auge bei all' seiner Freundlichkeit (hebt den Kopf, bald Conrad, bald Max scharf anblickend) so auffallend scharf und durchdringend dreinblicke, als sähe ich jedem Ding bis auf den Grund, als sei ich im Stande, durch einen einzigen Blick alles mich Umgebende bis auf den kleinsten Punkt zu erfassen, aufzunehmen, einzuprägen! Hm, ja; man hat nicht so Unrecht, das zu glauben. Ich staune oft selbst darüber, wie ich mit einem einzigen Blick Alles bis auf das winzigste Detail förmlich aufsauge — hahaha! Indessen, ich darf mir das nicht als Verdienst anrechnen; so etwas ist eben angeboren, man kommt damit zur Welt, man erbt es. Ich hab' es von meinem Vater, und Emma — hat's eben wieder von ihrem Vater: von mir. — Nun aber zur Schwägerin. Haben Sie gehört? „Ich bin noch in dem Alter," sagte ich — und sie darauf: „In dem man Eroberungen machen kann." Ich muß sie ins Gebet nehmen. (Conrad zuwinkend nach rechts ab.)

Achte Scene.
Max, Conrad.

Conrad (nachdem er tief Athem geschöpft hat). Jetzt könnte auch unsereiner wieder einmal zu Worte kommen. (Heiter.) Max, mein Junge, was stehst Du denn da und machst ein nachdenklich' Gesicht? — Komm' her, setz' Dich zu mir, plaudern wir ein Bischen zusammen. (Setzt sich in einen Fauteuil, Max nimmt neben ihm Platz.) Vor Allem sag' mir, wie gefällt Dir Emma; he? (Brennt sich eine Cigarre an.)

Max. In der That... Emma ist eine ganz angenehme Erscheinung zu nennen.

Conrad. Angenehme Erscheinung? Ich sage Dir, Emma

ist ein Prachtmädel und hat das Zeug zu einem ganz allerliebsten Weibchen, wie es beschaffen sein muß, — um einen Mann glücklich zu machen.

Max. Das läßt sich denn doch nicht so rasch beurtheilen.

Conrad. Nun, die Verantwortung dafür übernehm' ich gern. Siehst Du, Max, ich bin heute so seelenvergnügt, daß ich die ganze Welt umarmen möchte. — Du weißt ja, es gehört seit Jahren zu meinen Lieblingsideen, sowie zu jenen meines Freundes Wänkler, aus Dir und Emma ein Paar zu machen. — Nun will ich Dir's aber offen bekennen, daß mir doch manchmal Gedanken durch den Kopf gingen, ob nicht etwa Emma oder Du ... mit einem Worte: ich fürchtete, daß mir etwas in die Quere käme. Jetzt aber bin ich vollkommen beruhigt, denn, wie Ihr Euch Beide trafet, sie bis in die Schläfen purpurroth und Du sichtlich angenehm überrascht — aber gleichfalls befangen, fast verwirrt — und wie man Euch's deutlich ansah, daß Ihr Euch recht gerne geherzt hättet und geküßt beim Wiedersehen ... wahrhaftig, ich hätte lachen können und weinen zu gleicher Zeit vor inniger Freude.

Max. Fünf Jahre sind eine lange Zeit, Papa. Wer weiß, ob Emma, wenn sie in mir den Menschen von heute kennen lernt, — sich nicht enttäuscht findet.

Conrad. O, Du bescheidener Jüngling! (Lachend.) Nun, wenn Dich sonst keine Scrupel plagen....

Max (zögernd). Und ob ich an ihr auch alle jene Eigenschaften finde ... die ich voraussetze. Du weißt, Papa, daß Emma in ihren Kinderjahren das Lernen nicht zu ihren Lieblingsbeschäftigungen zählte; daß sie ein kleiner Sausewind war.

Conrad. Papperlapapp! Glaubst Du, sie hat ihre fünf Jahre Pensionat unbenützt verstreichen lassen? So viel Bildung besitzt Sie jedenfalls, mein Sohn, als zu einer glücklichen Ehe nöthig ist; und glaube, mir Max: zu viel Bildung bei Weibern ist immer vom Uebel! denn was über ein gewisses Maß dem Geiste zugelegt wird, das wird dem Herzen abgezwackt! So wie man, wenn man ein Bäumchen recht hoch ziehen will, all' die unteren Aeste mit ihrem frischen Laube opfern muß. Ich lobe mir das Ungekünstelte, das Einfache;

und nur, wo man diese Eigenschaften trifft, da trifft man auch ein offenes Gemüth und ein gutes Herz.

Max. Ich glaube, Papa, Du gehst da etwas zu weit.

Conrad. Sicher nicht, mein Sohn, — aus mir spricht die Erfahrung. Sieh Dir zum Exempel die Baronesse Waldhof an; die ist eine unserer jungen Damen, von denen man sagen kann: sehr viel Bildung — aber sehr wenig Gemüth.

Max. Wie, Papa! Von Baronesse Pauline sprichst Du so! von ihr, die rastlos bestrebt ist, überall zu fördern und zu wirken, wo es gilt, Zwecke der Kunst und Humanität zu erreichen?

Conrad. Affectation, mein Junge, und Eitelkeit; — man will von sich reden machen — ich kenne das. Wem's damit Ernst ist, Gutes zu thun, dem ist tausendfach Gelegenheit geboten, ohne daß er's nöthig hätte seinen Namen auf offenem Markte ausrufen zu lassen.

Max (mit Wärme). Von Baronesse Pauline kann man das nicht sagen, Papa!

Conrad. Meinst Du? — Daß doch die Männer, und seien sie die gescheidtesten! von ihrem Verstande im Stiche gelassen werden, sobald sich's um ein Frauenzimmer handelt; insbesondere aber: wenn das Frauenzimmer (mit scharfer Betonung) kokett ist!

Max (entrüstet). Kokett!

Conrad. Ja, ich sage kokett! (Max an der Hand nehmend.) Lieber Max, sieh, — ich kenne die Geschichte eines Mädchens, das in Allem und Jedem ganz das Ebenbild Paulinens war, — ich spreche von ihrer seligen Mutter. (Bläst etwas erregt den Rauch seiner Cigarre von sich.) Unter den Vielen, die das bezaubernde Mädchen damals verehrten, befand sich auch.. ein braver, gediegener junger Mann ... einer meiner besten Freunde. (Beißt an der Cigarre.) Er erklärt sich, findet seine Liebe erwidert ... heiße Küsse ... heiße Schwüre .. Alles in Ordnung; — hält an — verlobt sich. (Immer unmuthiger.) Da kommt ein junger Fant des Weges!... guter Tänzer, guter Schwätzer; obendrein noch Baron! — Was geschieht? — Der brave, gediegene junge Mann bekommt seinen Abschied! (Schleudert zornig die Cigarre in den Kamin.)

Max. Seinen Abschied?

Conrad (im höchsten Unmuth). Seinen Abschied! — Und sieh, Max, das ist's, was mich in diesem Augenblicke so sehr erregt: (sehr gefühlvoll) Du, mein Sohn, Du, mein Max, bist ja grade so ein kreuzbraver Junge, wie ich damals war!

Max (höchst überrascht). Du, Papa?

Conrad (äußerst verlegen). Dummes Zeug! (Hustet.) Wie mein Jugendfreund, wollt' ich sagen! Ja wohl! ... (Macht ein paar Schritte. Nach einer kleinen Pause.) Hör' mal, Max, Du hast mich wirklich ganz besorgt gemacht; wenn ich mir so denken sollte, daß ...

Max. Sei unbesorgt, Papa; ganz unbesorgt.

Conrad. Kann ich's sein? Darf ich's sein? (Nimmt ihn bei der Hand.)

Max. Gewiß, Papa. (Conrad schüttelt ihm mit Befriedigung die Hände.) Doch nun ein Wort, bevor Wänkler uns stört; (ihm die Zeitung reichend) lies diesen Artikel. (Stimmen hinter der Scene.) Sie kommen hierher, gehen wir aufs Comptoir. (Beide ab.)

Neunte Scene.

Emma. Pauline.

Emma (sehr laut). Siehst du, da sind ja Zeitungen. (Eilt an den Tisch, blättert in den Journalen.)

Pauline. Ach, ich bitte Dich, erlaube. Hier, liebe Emma: »Der fliegende Holländer;« es bleibt also dabei.

Emma (in die Hände klatschend). Wir gehen, wir gehen! Wie ich mich freue, wie ich — warum siehst Du mich denn so erstaunt an?

Pauline. Je nun... wenn Du mir versprichst, es nicht ungütig aufzunehmen... ach, Du wirst aber böse sein....

Emma. Nur zu, Poly!

Pauline. Du sprichst in einer Weise laut...

Emma (sehr laut). Laut? — ich finde eher, daß ich leise spreche.

Pauline. Ja, ungefähr so leise, wie ein Bataillonscommandeur vor der Front.

Emma. Das ist nicht möglich. Du scherzest nur...
(Nachdenklich.) Indessen... hm... während der Reise sagte
mir Frau Conrad einige Male: es sei durchaus nicht wahr,
ihr Mann habe ihr's nur aufgebracht, daß sie schwerhörig sei.

Pauline (lachend). Sagte sie das zu Dir? Du mußt
nämlich wissen, daß Frau Conrad letzten Winter ein paar
Wochen lang an diesem Uebel laborirt hat; seitdem nimmt
sie es Einem furchtbar übel, wenn man laut mit ihr spricht.

Emma. So, so?... Nun wird mir klar, warum sie
während der ganzen Fahrt übel gelaunt war. — Aber da
fällt mir ein, woher mein lautes Reden stammen mag.
Die neue Frau Vorsteherin war in keinem Punkte so streng,
als in Bezug auf das Sprechen. (Die Erwähnte nachahmend.)
„Den Mund geöffnet, meine Damen! rechtschaffene Menschen
sprechen laut, vernehmbar; nur die schlechten murmeln und
flüstern." Je lauter man schrie, je mehr befriedigt war sie.
Auf diese Art scheint mir der Conversationston abhanden
gekommen zu sein.

Pauline. Es scheint. — Ist die Frau Vorsteherin übrigens
nicht eine Majorswittwe?

Emma. Ja freilich.

Pauline. Damit ist Alles erklärt. Die scheint Euch ganz
militärisch gedrillt zu haben. Du hast wirklich etwas Strammes,
Militärisches an Dir.

Emma. O bitte, bitte! — Uebrigens, jetzt hab' auch ich
wohl das Recht, Dich zu kritisiren.

Pauline. Thu's ohne Schonung.

Emma. Du bist gar zu süß, gar zu höflich. Diese
zahllosen: „Ach, ich bitte Dich! Ach, erlaube! Sei so gütig!"
insbesondere einer alten Freundin gegenüber...

Pauline. Ich will mir's abgewöhnen, im Umgang mit
meiner militärischen Emma...

Emma. Na warte, Spötterin! — Aber, da wir allein
sind .. sage mir, Poly, was ist denn Max für ein Mensch?

Pauline. Hm, ein recht hübscher Mensch.

Emma (barsch). Ja, an Augen fehlt's mir nicht.

Pauline. Du bist aber ebenfalls zu höflich, Emma. —
Na, ich will Dich nicht länger necken. Herr Max ist ein vor=
trefflicher, ein gediegener Mann, aber...

Emma. Aber…?

Pauline. . . . . aber Industrieller, Volkswirth, Politiker durch und durch. Wir Frauen existiren gar nicht für ihn.

Emma. Er ist Führer der Fortschrittspartei, ich weiß; und nicht wahr? Dein Vater nimmt eine hohe Stellung im Handelsministerium ein.

Pauline. Habt Ihr im Pensionate etwa gar Politik getrieben?

Emma. Das nicht, aber… siehst Du… ich… ich nehme doch insofern regen Antheil, als… kurz gesprochen: meine kleine Freundin, Miß Mary Norton, von der ich Dir oft schrieb (sehr ernsthaft) — für die ist es von großer, ungeheurer Wichtigkeit, daß der projectirte Handelsvertrag mit England zu Stande kommt!

Pauline. Was hat denn die kleine Miß Norton für ein Interesse daran?

Emma. Ihres Bruders halber, der Secretär der hiesigen Gesandtschaft ist. Kommt nämlich der Handelsvertrag zu Stande, so wird er durch Verleihung eines Gesandtschaftspostens ausgezeichnet. — Du glaubst nicht, was das für ein lieber, herziger Schatz ist diese Miß Norton! Ich wäre ungemein glücklich, wenn ich etwas für ihn — für sie — thun könnte.

Pauline (schalkhaft). Für die kleine Engländerin? — Nur für sie?

Emma (ganz leise). Gewiß.

Pauline. Was den Secretär betrifft. . den lerntest Du nicht kennen?

Emma (sehr verlegen; flüsternd). En passant; er besuchte seine Schwester ein paarmal.

Pauline (nimmt sie am Kinn). En passant also?

Emma (sehr laut). Du glaubst doch nicht etwa, Poly —

Pauline. Du schreist schon wieder! — Was übrigens den Handelsvertrag betrifft, so ist Herr Max ein Gegner desselben.

Emma (mit besorgter Miene). Leider, leider! Ich weiß es aus den Zeitungen.

Pauline. Und mein Vater…

Emma (gespannt). Nun, Dein Vater?

Pauline. Mein Vater ist, so viel ich hörte, auch nicht für den Vertrag eingenommen.

Emma. Das stimmt mich sehr traurig! Nun und Du?

Pauline. Wenn es nach meinem Wunsche geht... so wird der Handelsvertrag...

Emma. Nun?

Pauline. Nicht abgeschlossen.

Emma (ungeduldig). Und warum bist denn Du eigentlich dagegen?

Pauline. Weil, weil... (verlegen) weil mein Vater dagegen ist. Unsere Wünsche werden aber auf den Gang der Ereignisse ziemlich einflußlos sein.

Emma (gereizt). Glaubst Du? Na, so viel steht fest, daß ich ganz entschieden für den Handelsvertrag bin.

Pauline (nickend, ernsthaft). Miß Nortons halber.

Emma (sehr laut). Ich begreife Dich nicht, Poly!

Pauline. Du schreist schon wieder.

Zehnte Scene.
Vorige. Ludmilla. Dorothea. Wänkler.

Dorothea. Ja, wo steckt Ihr denn, Kinder?

Wänkler. Die Beiden haben einander natürlich tausend Geschichtchen zu erzählen. Ja, so Mädchen verstehen es, unermüdlich zu schwätzen; davon hat unsereiner, der eben nur dann das Wort ergreift, wenn sich's um Dinge von Wichtigkeit handelt, kaum eine Ahnung.

Ludmilla. Poly, komm. Liebe Emma, bitte, wir wollen etwas besprechen.

Dorothea. Aber ohne Zeugen, verehrter Herr von Wänkler.

Wänkler. Ohne Zeugen?

Ludmilla. So unendlich angenehm uns Ihre Gesellschaft ist...

Wänkler. So unendlich angenehm? Dieses „unendlich angenehm" ist mir unendlich angenehm. (Küßt ihre Hand.)

Emma (zu Frau Conrad, sehr laut). Meine Neugier ist aufs Höchste gespannt.

Dorothea (hält sich die Ohren zu). Aber mein liebes Kind, Du scheinst in der That zu glauben... (Gehen ab.)

Eilfte Scene.
Wänkler. Max. Conrad.

Max (im Eintreten zu Conrad). Da ist er.

Wänkler. Man hat mich verbannt; unwiderruflich! Daß doch die Damen einander immer Heimlichkeiten zu berichten haben.

Max. Herr Wänkler, eben erlaubte ich mir, von Ihnen zu sprechen.

Wänkler. Natürlich nur Gutes! Oder haben Sie zum so und so vielten Male den Beweis geführt, daß mein neues Hochofen=System, meine Erfindung, sich zwar auf dem Papiere recht hübsch ausnehme, sonst aber undurchführbar sei, undenkbar und so fort, wie Sie sich ja immer so schmeichelhaft für mich auszudrücken pflegen?

Max. Von Ihrem neuen Hochofensystem sprach ich nicht, aber von einem anderen neuen Systeme, das mir nicht weniger oft Gelegenheit geben wird, das Wort gegen Sie zu ergreifen.

Wänkler (in den Händen Conrads das Journal bemerkend, darauf hinweisend, lachend). Ah, ich verstehe!

Max. Dieser Artikel erschien mit Ihrer Bewilligung?

Wänkler. Unzweifelhaft. (Ironisch.) Ja, dem Führer der Fortschrittspartei behagt wohl dieser Artikel nicht, der vom frischen Hauche der Freihandels=Principien durchweht ist?

Max. Ich spreche hier nicht als Schutzzöllner, sondern als ein Mensch, der sich nicht durch Phrasen bethören läßt, wenn es sich um das Wohl des Vaterlandes handelt.

Conrad. Gut gesprochen, Max!

Wänkler. Das Wohl des Vaterlandes liegt auch mir am Herzen.

Max. Und Sie brechen eine Lanze für einen Handels= vertrag, der gegen eine Handvoll bedeutungsloser Zugeständ= nisse ganze Zweige unsrer im Aufblühen begriffenen Industrie dem Gegner schonungslos ans Messer liefert?

Conrad. Gut gesprochen, Max! Ans Messer liefert! — Englands Concurrenz —

Wänkler (hastig einfallend). Wird ein mächtiger Sporn sein für unsere Industriellen, endlich einmal mit dem alten Schlendrian zu brechen, sich zu vervollkommnen.

Max. Man darf es unseren Industriellen nachrühmen, daß sie mit allem Eifer bestrebt sind, dieses Ziel zu erreichen! —

Conrad. Sehr richtig!

Wänkler. Um so besser also!

Max (fortfahrend). Aber diese Aufgabe kann nicht über Nacht bewältigt werden. — Es ist wahr, daß sich im Ringen Sehnen und Muskeln kräftigen —

Wänkler. Das ist's ja eben! (Hält sich die Ohren zu, flüchtet nach rechts, wirft sich in einen Fauteuil.)

Max (ohne sich unterbrechen zu lassen, ihn verfolgend). Wenn aber ein Knabe mit einem Manne ringt, wird er zu Boden geworfen; und eine Treibhauspflanze mit einem Schlage ins Freie setzen, ohne sie allmählich an die kühlere Temperatur zu gewöhnen, heißt, sie dem Verderben preisgeben!

Conrad (auf der andern Seite Wänkler's). Diesen Handelsvertrag abschließen, heißt, den Ruin unserer Eiseninduſtrie herbeiführen.

Wänkler (aufspringend, mit Pathos). Eine Industrie, die keine Concurrenz verträgt, ist werth, daß sie zu Grunde geht.

Max. Ein prächtiger Lehrsatz für den Theoretiker, aber in der Praxis verlangt der gesunde Menschenstand: daß man eine allmählich fortschreitende Verbesserung anstrebe, und nicht ein Ding, das einer gesunden Entwickelung fähig ist, sofort zerstöre, einfach darum — weil es noch nicht genug entwickelt ist.

Wänkler (ruft unaufhörlich und heftig gesticulirend dazwischen): „Aber — aber, ich bitte!"

Conrad. Sehr richtig! Wenn man mir beweist, daß die Thüren, die Fenster meines Hauses zu klein sind, — werde ich darum sofort das ganze Haus demoliren lassen?

Wänkler (rasch einfallend). Ihr Haus bewohnen Sie und sehr wenig andere Personen; was Ihnen behagt und frommt, werden Sie jeder Zeit zu beurtheilen wissen. (Geht heftig gesticulirend und tief Athem schöpfend nach hinten; huſtet und räuspert sich.)

Conrad (zu Max). Jetzt ist das Uhrwerk aufgezogen; ich fürchte, wir werden nicht mehr zu Worte kommen.

Wänkler (zwischen beiden vorkommend; stellt den am Schreibtische stehenden kleinen Stuhl vor sich hin; in immer rascherem Tempo sprechend). Besitzt aber der Einzelne aus dem Volke die Fähigkeit über das richtig zu urtheilen, was der Gesammtheit, was dem Staate frommt? Mit nichten! Denn Jeder wird nach seinem eng abgegrenzten Horizont das für das Wichtigste halten — was ihm eben am nächsten liegt. (Max und Conrad wollen ihn unterbrechen. Wänkler, auf den Polster des Stuhles schlagend, mit Pathos.) Meine lieben Freunde! Es gibt aber höhere Gesichtspunkte! — Nachdem das feudale Ministerium glücklich gestürzt worden, ist ein liberales Ministerium ans Ruder getreten, in dem Männer sitzen, die alles Vertrauen verdienen. (Max und Conrad wollen wieder reden, kommen aber nicht zu Worte.) Diese Männer haben das Für und Wider reiflich erwogen und sind zur Ueberzeugung gelangt, daß der Abschluß des Handelsvertrages unserem Staate zum Vortheile gereicht. — (Max und Conrad machen abermals energisch den Versuch ihn zu unterbrechen. Wänkler wie zuvor.) Meine lieben Freunde! Wer daher für die liberale, für die gute Sache ist, der muß mit dem Ministerium durch Dick und Dünn gehen und nur ein Wort hat er auf seine Fahne zu schreiben und das heißt: Parteidisciplin! (Setzt sich reitend, die Arme auf die Lehne stützend, auf den Stuhl.)

Conrad. Phrasen! — Schrullen und kleinliche Rücksichten! Und diesen will man das materielle Wohl von Tausenden aufopfern.

Wänkler (aufspringend). Vom materiellen Wohl sprechen Sie? — Ja, das ist klar, daß der Einzelne eben ein Opfer bringen muß — fürs allgemeine Wohl! (Stellt den Stuhl wieder an seinen Platz.)

Conrad. So lassen Sie Max auch wieder zu Worte kommen!

Wänkler (zu Max, der reden will). Aber Egoismus, den kenne ich nicht! (Sich wendend, zu Conrad, der reden will.) Persönliche Rücksichten, die kenne ich nicht! Kenne ich nicht! Man muß eben ein Verständniß haben für höhere Zwecke;

man muß für eine höhere Idee seine eigenen Interessen jeder Zeit willig aufzuopfern bereit sein!

Max (unwillig zu Conrad). Haft Du noch nich: genug, Papa?

Conrad (zornig). Mehr als genug! Komm, mein Sohn. (Will, sich die Ohren zuhaltend, mit Max nach links ab.)

Wänkler (eilt nach hinten, stellt sich vor die Thüre, dabei ununterbrochen schnatternd). Ja — das ist eben der Unterschied zwischen einer Krämerseele — (Conrad und Max eilen nach rechts, Wänkler nimmt mit langen hastigen Schritten den Weg zwischen Kamin und grünem Tisch, schneidet ihnen den Rückzug ab) und einem Manne, der Opferwilligkeit besitzt! — Sie schweigen? Wissen nichts mehr zu antworten? (Conrad und Max rennen, sich die Ohren zuhaltend, nach rechts; stürzen fort.) Damit hab' ich eine glänzende Genugthuung erstritten. (Triumphirend sein Spazierstöckchen schwingend.) Zwei Batterien zum Schweigen gebracht! Ein glänzender Sieg! Der Handelsvertrag wird abgeschlossen! (Ab durch die Mitte.)

(Der Vorhang fällt.)

Zweiter Act.

(Dieselbe Decoration.)

Erste Scene.

Wänkler. Conrad. Dann Emma.

Wänkler (den Hut auf; die Handschuhe anziehend). Nun, ja, ja, ich gehe selbst hin, da Sie es für gut halten. Wenn's das geschäftliche Interesse erfordert, kommt es mir auf etwas weniger oder mehr Mühe nicht an.

Conrad. Sie legen auf das mir einen solchen Nachdruck; Sie thun grade, als ob ich bequem wäre.

Wänkler. Hören Sie, mein lieber Conrad, Sie sollten es aufgeben, so unmäßig Thee zu trinken.

Conrad. Was meinen Sie damit?

Wänkler. Es regt Sie auf, und da Sie nun schon von Natur ein wenig streitsüchtig sind —

Conrad (auffahrend). Streitsüchtig, ich? Ich bin der friedliebendste Mensch von der Welt!

Wänkler. Das beweisen Sie eben jetzt, wie Sie es mir gestern bewiesen haben.

Conrad. Soll ich Ihnen sagen, warum ich etwas gereizt bin? — Aber Sie wissen's ja ohnehin.

Wänkler. Ich habe keine Ahnung.

Conrad. Nun, es hat mich sehr geärgert, daß Sie dem Commerzienrath Mallner, als er ziemlich plump andeutete, daß eine Verheiratung seines Sohnes mit Ihrer Tochter ihm erwünscht wäre...

Wänkler. Nun?

Conrad. Darauf hätten Sie ihm eine klare Antwort geben müssen; es hätte sich geschickt, ihn ganz rund abzuweisen.

Wänkler. Geschickt? Na hören Sie, was sich schickt — darüber glaub' ich keine Belehrung empfangen zu müssen —

Conrad. Und mich nennen Sie aufgeregt?

Wänkler. — und es ist schwer, eine klare Antwort auf etwas zu geben, worüber man selber noch nicht im Klaren ist.

Conrad. Was sagen Sie? Noch nicht im Klaren? Die Verheiratung unserer Kinder: ein Project, das seit Jahren unser Lieblingsgedanke war — und jetzt auf einmal wegen dieses verdammten Handelsvertrages...

Wänkler. Na, das werden Sie doch begreiflich finden, daß ich grade keine besondere Sehnsucht haben kann, einem Menschen meine Tochter zu geben —

Conrad. Einem Menschen?

Wänkler. — einem Menschen, der über eine so wichtige Sache derart verschrobene Ansichten hat.

Conrad (immer hitziger). Wenn nun aber Ihre Ansichten die verschrobenen sind —

Wänkler (ebenso). Herr! — Na, ich mag mich nicht zanken. Sie beten eben nach, was Ihnen der unfehlbare Herr

Max vorschwatzt. (Emma tritt durch den Haupteingang ein, zieht sich aber rasch wieder zurück und lauscht.)

Conrad. Vorschwatzt!

Wänkler. Das aber wiederhol' ich Ihnen: — ihm meine Tochter geben —

Conrad. Na, vorläufig hat er noch nicht um ihre Hand angehalten.

Wänkler. Sagen Sie ihm, daß er's nicht thun soll.

Conrad. Er wird's nicht thun.

Wänkler. Soll mir angenehm sein. Ueberhaupt: einem Menschen, der gegen den Handelsvertrag ist, geb' ich ja meine Tochter gar nicht. Adieu!

Conrad. Behalten Sie sie! Adieu! (Während er hastig nach hinten geht.) Das Donnerwetter soll diesen Handelsvertrag zerschmettern. Guten Morgen! (Ab ins Bureau.)

Zweite Scene.
Wänkler. Emma.

Wänkler (nachrufend). Guten Morgen! Ja, ich behalte sie! Adieu! (Für sich.) Und dabei soll's bleiben. (Will ab.)

Emma (vertritt ihm den Weg). Papa, Papa!

Wänkler (sie in die Wange kneipend). Was willst Du, mein Schatz?

Emma. Einen süßen Kuß muß ich Dir geben.

Wänkler. Thu's rasch, denn ich muß fort.

Emma (ihn umarmend, sehr heiter). Und noch einen, und noch einen! In der ganzen Welt findet sich kein besserer Papa!

Wänkler. Das ist ja ein förmlicher Wolkenbruch von Küssen. Merkwürdig, wie Du auf einmal zärtlich wirst.

Emma. Weil ich stolz bin auf meinen Papa!

Wänkler (ihr die Hand drückend). Recht so, mein Kind; ja, sei stolz auf Deinen Papa; Du kannst es sein, darfst es sein.

Emma. Seit heute bin ich's aber ganz besonders. — Vollkommen Recht hast Du, Papa; der Handelsvertrag muß abgeschlossen werden.

Wänkler (sehr erstaunt). Hör' 'mal, wieso...? Aber — hat man Dich im Pensionat das Horchen gelehrt?

Emma. Bewahre! Ich habe nicht gehorcht; ich war im Nebenzimmer. Aber Du hast ein so kräftiges Organ —

Wänkler. Jawohl; das hab' ich von Dir — nein — Du hast es von mir. Nun möchte ich aber Aufklärung bekommen, wieso Dir's recht ist, daß der Handelsvertrag abgeschlossen wird.

Emma. Weil ich nicht heiraten will, Papa.

Wänkler (streng). Was muß ich hören!

Emma. Noch nicht, noch nicht, wollte ich sagen!

Wänkler. Ach so!

Emma. Jahre lang war ich im Pensionat, und nun, da ich endlich meinen Papa habe, soll ich ihn wieder verlieren.

Wänkler (zärtlich). Du verlierst ihn ja nicht, wenn Du heiratest. — Na, leb' wohl, Emma. Hör' 'mal, aber gar zu lange darfst du nicht ledig bleiben. (Bei Seite.) Wann käme ich denn sonst endlich dazu, Ludmilla zu heiraten? (Laut.) Hast du mich verstanden? (Bei Seite.) Ein Prachtmädel! (Laut.) Sieh mich an. — Scharf! — Freundlich! (Bei Seite.) Ganz mein Auge! (Laut.) Adieu, mein Augapfel! (Küßt sie zärtlich, geht.)

Emma (ihm nacheilend). Noch einen Kuß, — und noch einen.

Wänkler (an der Thür). Noch einen? (Ab.)

Dritte Scene.

Emma. Dorothea.

Emma (durchs Zimmer hüpfend). Ich möchte laut aufjauchzen vor Freude! Mein Gott, wenn dieser Vertrag abgeschlossen und mein Mr. William Norton Gesandter wird — ich weiß mich kaum zu fassen. (Wänkler nachahmend.) „Einem Menschen, der gegen den Handelsvertrag ist, geb' ich ja meine Tochter gar nicht! Adieu!" — Wenn Poly nur schon da wäre, daß ich's ihr sagen könnte. Obzwar sie völlige Gleichgültigkeit zur Schau trägt, — weiß ich doch bestimmt: sie freut sich außerordentlich, wenn sie hört, daß Max nun frei ist. (Dorothea erblickend, die in Straßentoilette eingetreten ist.)

Ah, meine liebe, liebe Frau Conrad! (Eilt ihr entgegen, küßt sie.) Oder liebe Tante! Nicht wahr, ich darf Sie so nennen?

Dorothea. Gewiß, mein Engel.

Emma (küßt sie nochmals). Ich darf auch „Du" sagen, nicht wahr? Es klingt viel herzlicher! (Umarmt sie zärtlich.)

Dorothea. Warum denn nicht! aber weißt Du, daß ich Dich noch gar nie so heiter und zärtlich gesehen habe?

Emma. Ach, nicht doch! ... Aber ich halte Dich auf und bedenke gar nicht, daß Herr Conrad schon fünfmal nach Dir gefragt hat; er ist böse, sehr böse, daß Du so lange ausbliebst; ich hole ihn. (Läuft an die Bureauthür, öffnet, ruft:) Onkel, Onkel, die Tante da!

Dorothea. Was kann er denn von mir wollen? (Legt den Hut ab.)

Vierte Scene.

Dorothea. Emma. Conrad.

Conrad (im Eintreten, rauh). Na, bist Du wirklich schon da?

Dorothea. Wie Du siehst. (Wendet sich nach Emma um.)

Emma. Du kommst bald, liebe Tante, nicht wahr? (Ab nach rechts.)

Fünfte Scene.

Conrad. Dorothea. Später Diener.

Dorothea. Ich möchte denn doch bitten, daß Du mindestens, wenn wir nicht allein sind, in einem höflichern Tone mit mir sprichst.

Conrad. Verzeihen Sie, meine Gnädige. Und ich möchte bitten, daß Sie Ihren Wohlthätigkeitssport ein wenig einschränken.

Dorothea (entrüstet). Sport, sagst Du?

Conrad. Ich war so frei. Hast Du mich übrigens verstanden? Ja? — Es ist mein Wunsch. Na, höflicher kann man nicht sein.

Dorothea. Ach ja, Du bist immer so höflich. Aber Du

sprichst schon wieder so laut mit mir.... (Setzt sich, in einem Buche blätternd vorn links auf einen Fauteuil.)

Conrad (unruhig auf und abgehend). Und ich wiederhole Dir nun in aller Ruhe, Dorothea: es ist mein eifrigster Wunsch, daß Du Deinen Wohlthätigkeitssport (Dorothea macht eine Geberde der Entrüstung) einschränkst. Du bist ja fast den ganzen Tag damit beschäftigt. Bald hast Du Dienst in der Volksküche bald gibt's eine Conferenz oder (spottend) eine wichtige Sitzung des adeligen Damenvereins für Wittwen und Waisen... und so fort in infinitum.

Dorothea. Hast Du nicht auch genug Sitzungen? (Conrad wendet sich zornig um) und ist es nicht Pflicht der Wohlhabenden, sich der Armen zu erinnern?

Conrad. Ohne Zweifel; aber Du darfst doch nicht so weit gehen, daß Du mich selber darüber vernachlässigst. (Immer heftiger.) In der Ordnung meiner Sachen, in diesem, in jenem, in Küche und Keller — überall hapert's! Was haben wir denn gestern für ein Menu gehabt?

Dorothea. Nun gewiß doch ein sehr gutes.

Conrad. So? Na zählen wir mal auf! Reissuppe, Braten mit Reis, zum Schluß Pudding, abermals von Reis. Ist das nicht gradezu entsetzlich!

Dorothea. Rege Dich doch nicht derartig auf, einer solchen Lappalie halber.

Conrad (außer sich). Lappalie nennst Du das! — Das Essen wäre eine Lappalie? — Ich rechne es zu den wichtigsten Dingen des menschlichen Lebens. — Ja, ich gestehe, ich bin aufgeregt; aber kann man denn ruhig bleiben, wenn man so behandelt wird? Du lachst? — Mir ist's nicht zum Lachen! Geht's so fort, so werde ich, um von Dir wieder mit Aufmerksamkeit behandelt zu werden — am Ende in die Volksküche speisen gehen müssen; wenn ich's nicht vorziehe, mich in die neue Kleinkinder=Bewahranstalt als Pflegling aufnehmen zu lassen.

Dorothea (in gereiztem Ton). Du bist ja heut außerordentlich zum Scherzen aufgelegt!

Conrad (mit erhobener Stimme). Zum Scherzen? O durchaus nicht! Ich nehme die Sache sehr ernst. (An sie herantretend) Hörst Du? sehr ernst.

Dorothea (sich erhebend). Ludwig! ich begreife wirklich nicht, wie man sich so unnöthig aufregen kann.

Conrad. Ich sollte mich allerdings nicht aufregen; der Geheimrath besucht mich diesen Morgen und da werde ich meine ganze Aufmerksamkeit brauchen.

Dorothea. Der Geheimrath kommt? Doch nicht etwa wegen des Handelsvertrages?

Conrad (zornig). Kommst Du mir auch mit diesem verdammten Handelsvertrag! Sag' Du mir, was denn Dich dieser Vertrag angeht?

Dorothea. Sehr viel! Denn wenn Handelsverträge abgeschlossen werden, müssen gewöhnlich wir Frauen das Bad ausgießen. Da wird der Kaffee theurer, der Zucker...

Conrad. Das sind allerdings welterschütternde Ereignisse! Beruhige Dich übrigens. .

Diener (die Mittelthür öffnend). Herr Baron von Waldhof mit Fräulein Tochter.

Sechste Scene.

Vorige. Waldhof. Pauline. Diener. Emma.

Waldhof (reicht Dorothea, dann Conrad die Hand; gegenseitige Begrüßung). Ich habe meine Tochter mitgebracht, die mit Ihrer Frau Gemalin viel zu besprechen hat.

Conrad (in hänselnoem Tone zu Dorothea). Den Frauen-Erwerbs-verein betreffend — oder die neue Kleinkinder-Bewahr-anstalt?

Pauline (lächelnd). Ja, Herr Conrad, und noch vieles Andere. (Zu Dorothea.) Unser neues Comité-Mitglied Emma ist doch zu Hause?

Dorothea. Gewiß. (Waldhof und Conrad haben sich, eifrig redend, in den Hintergrund zurückgezogen.)

Emma (hereineilend). Da bist Du ja, liebe Poly! Gleich dacht' ich mir's, als ich den Wagen vorfahren hörte; ich habe Dir wichtige Neuigkeiten mitzutheilen.

Dorothea (hinzutretend). Neuigkeiten?

Emma. Privatangelegenheiten. (Küßt ihr die Hand.)

Dorothea (lächelnd). Ach so. (Betheiligt sich an dem Gespräche der beiden Herren.)

Emma (Pauline nach links vorne ziehend). Denke Dir, mit dem Project ist's aus, ganz aus!

Pauline. Mit welchem Project?

Emma. Nun, daß Max mich heiraten soll.. Du stehst aber so kalt da? Freust Du Dich denn nicht?

Pauline. Ja, freust denn Du Dich darüber?

Emma (verblüfft). Ob ich... nun ja, warum soll ich's denn nicht sagen: ich freue mich darüber, weil ich... weil ich gern noch ein Weilchen im Vaterhause bleiben möchte. (Bei Seite.) Wenn sie nicht aufrichtig ist, will ich's auch nicht sein.

Pauline. Ueber was denkst Du denn nach?

Emma. Ueber Dich. Weißt Du, wie Du mir vorkommst?

Pauline. Nun?

Emma. Wie im Pensionat der grüne Kachelofen.

Pauline (nach einer kleinen Pause). Dieses Ungethüm? Ich danke herzlichst.

Emma. Der muß nämlich eine Ewigkeit geheizt werden, bis er warm wird. — Na jetzt komm; wir dürfen Frau Conrad nicht länger warten lassen. (Nimmt sie um die Mitte und drängt sie trotz ihres Sträubens laufend bis zur Thür.)

Pauline. Aber Emma! Emma!

Emma (zu Dorothea). Ich geh' voran, um den Sitzungssaal herzurichten. (Rechts ab.)

Dorothea (zu Paulinen, an der Thür). Wo bleibt denn Ihre Frau Schwester?

Pauline. Heut' ist ja ihr Tag in der Volksküche.

Dorothea (sehr wichtig). Ach ja so!

Conrad (sich ganz entsetzt stellend). Und das wußtest Du nicht, Frau Präsidentin? Hör' mal, so wenig Aufmerksamkeit für so wichtige Dinge hätt' ich bei Dir nicht vermuthet.

Dorothea (aufs Höchste pikirt). Was für giftige Pfeile! Und all' dieser Unmuth — weil ich (zu Waldhof, der lächelnd zugehört) gestern ein zu einfaches Menu zusammengestellt. Das war ein unerhörtes Verbrechen. (Conrad einen bösen Blick zuwerfend.) Du Gourmand Du! (Ab mit Pauline.)

Conrad (nachrufend). Frau Präsidentin!

Siebente Scene.
Conrad. Waldhof.

Conrad (Platz und Cigarren anbietend). Darf ich bitten?
Waldhof (setzt sich vorn rechts. Nach einer kleinen Pause). Sie haben ohne Zweifel errathen, was den Gegenstand unserer vertraulichen Unterredung bilden soll?
Conrad. Nach den Andeutungen, die Ihr Billet enthielt, dürfte wohl die brennende Tagesfrage das Thema sein: der Handelsvertrag.
Waldhof. Ganz recht; der Handelsvertrag. Wie Ihnen nicht unbekannt, haben Abgeordnete der englischen Regierung bereits vor längerer Zeit Unterhandlungen angeknüpft, zum Zwecke eines mit uns abzuschließenden Zoll- und Handelsvertrages. Diese Unterhandlungen waren einige Male nahe daran, zu scheitern, in Folge einer energischen Einsprache, die bezüglich mehrerer Punkte erhoben worden ist, und zwar, wie ich beiläufig zu erwähnen nicht unterlassen will, von Seite eines höheren Beamten des Handelsministeriums.
Conrad (drückt durch eine Geberde aus, daß der Erwähnte ihm gegenüber sitze).
Waldhof (nachdem er sich verbeugt). In den letzten Tagen hat sich indessen die politische Situation gründlich verändert, — und Seine Excellenz der Herr Ministerpräsident glaubt in seiner Eigenschaft als Leiter des Ministeriums des Auswärtigen nur durch Abschluß dieses Handelsvertrages sich das Wohlwollen Großbritanniens sichern zu können, dessen Beistand ihm — wichtiger Punkte halber — grade in diesem Augenblick unerläßlich erscheint.
Conrad (zornig herausplatzend). Wichtiger Punkte halber. Nun, und Sie selber, Excellenz, halten Sie diese Punkte auch für so wichtig und —
Waldhof (seine Hand beschwichtigend auf die Conrads legend). Verzeihen Sie, Herr Conrad, aber es kommt mir nicht zu, die Maßnahmen meiner Vorgesetzten einer Kritik zu unterziehen. Soviel kann ich Ihnen aber sagen, daß sämmtliche Collegen Seiner Excellenz des Herrn Ministerpräsidenten — einschließlich meines Chefs, des Handelsministers — ihr rückhaltsloses Einverständniß ausgesprochen haben; (lebhafte

Geberden Conrads, der sich auf dem Fauteuil ungeduldig hin- und her wirft) und daß das Ministerium auf die weitgehendste Unterstützung aller Mitglieder seiner Partei unbedingt rechnen zu können hofft.

Conrad (heftig). Das Ministerium täuscht sich gewaltig, wenn es auf unsere Zustimmung rechnet. In den Handelskammern des ganzen Landes wird sich ein Sturm der Opposition erheben.

Waldhof. Der aber bald einer milderen Auffassung der Sachlage Platz machen dürfte; denn zum Lobe unserer Bevölkerung sei es gesagt: es sind Männer darunter, die uneigennützig genug sind (mit scharfer Betonung) ihre materiellen Interessen unterzuordnen, wenn es sich um Zwecke handelt, die dem Wohle des Staates förderlich sind.

Conrad (mit Selbstbewußtsein). Gewiß, gewiß; und wenn sich's im vorliegenden Falle um meine persönlichen Vortheile handelte.. ich würde keinen Augenblick zögern... sie der guten Sache zu opfern... aber... es handelt sich um... um... (mit Selbstbewußtsein) um ganze Zweige unsrer aufblühenden Industrie... die man... dem Gegner ans Messer liefern will.

Waldhof. Es ist nicht zu leugnen, daß manche Zweige unserer Industrie dem Kampfe mit England nicht gewachsen sind; aber die Umstände erheischen leider dieses Opfer. Unter strengster Discretion will ich Ihnen ferner noch mittheilen, daß bereits eine große Anzahl von Persönlichkeiten beider Häuser, sowie der Publicistik als gewonnen zu betrachten sind. Ueberdies ist das Ministerium fest entschlossen, aus der Sache eventuell eine Cabinetsfrage zu machen, und dürfte dieser Umstand Ihnen wohl zumeist die Ueberzeugung beibringen, daß dessen Sieg beinahe gewiß ist.

Conrad (gemäßigter). Beinahe gewiß, allerdings; jedoch nur beinahe, — denn es wird nicht an Stimmen fehlen, die sich mit aller Entschiedenheit dagegen erheben werden; in erster Linie...

Waldhof. Die Partisane der clericalen und feudalen Partei; dann jene, die deren natürliche Gegner, aber wenn's Opposition gilt, stets deren Bundesgenossen sind: die Socialdemokraten; endlich alle Jene, die (mit scharfer Betonung) es nicht verwinden können, daß man ihr Heiligstes: die pecuniären Vortheile ihrer Stellung, antastet.

Conrad (in sichtlicher Verlegenheit). Allerdings... das heißt, ich, ich möchte mir denn doch erlauben zu bemerken, daß... daß... denn... was beispielsweise mich betrifft, so... so...

Waldhof (mit Wärme). So werden Sie, davon bin ich überzeugt, niemals unter der Zahl Jener zu finden sein, die ihre Hand dazu bieten, ein liberales Ministerium zu verdrängen, um wieder ein Ministerium des Rückschritts an seine Stelle treten zu lassen. — Sie werden die Erwartungen glänzend rechtfertigen, (Conrad schüttelt fortwährend den Kopf, macht verneinende Geberden) die man in den Mann setzt, der vermöge seiner Stellung, seines großen Einflusses berufen ist — die entscheidendste Stimme abzugeben, und in dessen Person man — lassen Sie es mich aussprechen — hohen Orts (Conrad steht regungslos, blickt vor sich hin und horcht) beschlossen hat: den unwandelbaren Patriotismus des Bürgerthums — in glänzender Weise zu ehren und auszuzeichnen.

Conrad (wendet rasch den Kopf; sehr verwirrt). Excellenz, ich weiß nicht, — was ich darauf antworten soll. Daß ich opferwillig und uneigennützig bin, glaube ich oft genug bewiesen zu haben... gleichwohl bedarf es in diesem Falle sehr reiflicher Ueberlegung; — obgleich ich gestehen muß... daß Ihre Mittheilungen, Excellenz, (klopft sich auf die linke Seite der Brust) einen tiefen Eindruck auf mich gemacht haben... und daß... ich... in der That... beinahe —

— Sie verstehen Alles so klar auseinander zu setzen, Excellenz...

Waldhof (sich erhebend). Ueberlegen Sie, erwägen Sie, werther Freund; (seine beiden Hände ergreifend und schüttelnd) daß das Resultat ein Entschluß sein wird, wie ich ihn von einem so wackeren Patrioten erwarte — darüber bin ich außer Sorge. (Conrad hat fortwährend tiefe Verbeugungen gemacht, läßt die Hände Waldhof's nicht los. Waldhof, da ihm Conrad noch immer die Hände schüttelt:) Doch nun will ich Ihre kostbare Zeit nicht länger in Anspruch nehmen; — meine Tochter wird wohl auch unterdessen ihre Angelegenheiten zur Genüge besprochen haben. (Langt nach seinem Hut, den Conrad, nachdem er denselben mit dem Aermel geglättet, überreicht.)

Conrad (zur Thür rechts gehend). Wir wollen nachsehen. (Sich umwendend, sehr verlegen.) Was ich noch sagen wollte... Sie werden über mich lächeln, Excellenz... aber gewiß... Eitelkeit ist's nicht... vielleicht ein bischen Neugierde...

Waldhof (lächelnd). Ich soll wohl aus der Schule schwatzen; wie?

Conrad (betheuernd). Strengste Discretion, Excellenz, strengste Discretion. — Man beabsichtigt wohl, mir.... einen hohen Orden zu verleihen... etwa... etwa... das Commandeurkreuz? (Deutet mimisch das Band um den Hals an.)

Waldhof (ebenso, lächelnd). Höher! (Entsprechende Geberde; ihm ins Ohr flüsternd.) Den Freiherrenstand!

Conrad. Den — Frei — (Sinkt auf den Fauteuil.)

Waldhof. Den Freiherrenstand! (Reicht ihm die Hand.) — Baron, im Voraus meinen Glückwunsch! (Geht an die Thüre rechts; öffnet, ruft hinein:) Pardon, gnädige Frau!

Conrad (knöpft sich den Rock zu und geht in majestätischer Haltung vor, für sich.) Erblicher Freiherr!

Achte Scene.

Vorige. Dorothea. Pauline. Emma.

Dorothea. Sie wollen uns Pauline schon entführen, Herr Baron?

Pauline. Wir sind mitten in den Berathungen, Papa; aber Du scheinst diese junge Dame da (Emma hervorziehend, die an der Thüre stehen blieb) nicht zu erkennen.

Waldhof (hat Emma die Hand gereicht). O gewiß kenne ich Fräulein Emma noch, trotzdem sie sich ziemlich verändert hat.

Conrad. Indessen zu ihrem Vortheile, nicht wahr?

Emma (mit komischem Ernste). Ja, zu meinem ungeheuren Vortheile. Ich habe mir aber auch alle erdenkliche Mühe gegeben.

Pauline. Aber Emma hat aufgehört, ein kleiner Backfisch zu sein —

Dorothea. Sie wurde ins Comité aufgenommen.

Emma. Mit Sitz und Stimme und (Pauline umarmend) wie man sagt, sogar mit ziemlich viel Stimme.

Pauline. Sie fehlt bei keiner unserer Sitzungen.

Conrad. Bei welchen natürlich meine Gemalin, die Frau Präsidentin, in ebenso tact= als würdevoller Weise den Vorsitz führt.

Dorothea (weiß sich kaum zu fassen vor Aerger). Nun, ich meine, das müssen mir selbst meine größten Feinde gelten lassen! (Zu Waldhof.) Ich möchte Sie bitten, Herr Baron, daß Sie mir Pauline noch ein Viertelstündchen anvertrauen.

Emma. Das öffentliche Wohl erheischt es dringend, Excellenz!

Pauline. Ja, Papa, wir haben noch so Vieles zu besprechen.

Emma. Ungeheuer Vieles! Die Angelegenheiten in Ihrem Ministerium sind eine Kleinigkeit dagegen. Sie Excellenz! Ist es wahr, was mir Pauline sagte: die Chancen für den Handelsvertrag hätten sich gebessert? (Pauline zupft sie am Aermel.)

Dorothea. Aber, Emma, ich begreife dich nicht!

Waldhof. Sieh da, eine kleine Politikerin?

Dorothea. Höre, Emma!

Waldhof. Lassen Sie sie doch, gnädige Frau. — Wenn ich demnächst einen neuen Secretär brauche, (Emma auf die Hand klopfend) soll Ihnen diese Anstellung werden.

Emma. Abgemacht! Aber Sie haben mir meine Frage noch nicht beantwortet: bitte, bitte, bitte!

Dorothea (entrüstet). Aber, Emma! (Ringt die Hände.)

Emma. Warum sollen sich denn nur die Männer um Politik kümmern dürfen?

Waldhof. Die Frauen würden ohne Zweifel ausgezeichnete Dienste leisten, sowohl im Staatsdienst, als auf dem Gebiete der Diplomatie.

Emma. Das will ich glauben! Nun, und mit dem Handelsvertrage steht's also besser? Sie schweigen? Sie lächeln?

Das heißt so viel als ja! Ich bin mit der hohen Regierung zufrieden. (Waldhof klopft ihr lächelnd auf die Wange.)

Dorothea. Das Mädchen ist dreist! — Und was Pauline betrifft, nicht wahr, so lassen Sie sie hier? Wir fahren dann nach der Volksküche, um Ihre Frau Tochter zu holen und bringen Beide nach Hause.

Pauline. Du bist damit einverstanden, nicht wahr, Papa?

Waldhof (lächelnd). Was will ich denn machen? (Verabschiedet sich von Dorothea und Emma, die »Excellenz« ausrufend, einen tiefen Knix macht. Beide mit Pauline rechts ab.)

Conrad (begleitet Waldhof bis an die Thür). Auf Wiedersehen, Excellenz! (Grüßt mit der Hand.)

Waldhof. Auf Wiedersehen. Samstag machen Sie mir ja das Vergnügen. (Durch den Haupteingang ab.)

Conrad (an der Thür, wie zuvor). Auf Wiedersehen!

Neunte Scene.

Conrad (allein, geht unruhig und nachsinnend auf und ab, kleine Pause).

Wie fange ich das jetzt nur an! Ei, ei, ei! Wie mach' ich das mit diesem unangenehmen Handelsvertrag? — Wenn ich es so rund heraussagte... daß... daß... die wahrhaft überzeugenden Mittheilungen des Geheimrathes... doch nein! ... (Pause.) Nein, nein! was würde Max dazu sagen! Nein, nein; und Wänkler! — — Wänkler? Wie wär' es, wenn ich mich von meinem Freunde Wänkler im Gespräche allmählich überreden ließe? (Reibt sich die Hände.) Ganz recht! — jawohl; so läßt sich's machen! (Will ab.)

Zehnte Scene.
Conrad. Max.

Conrad. Du bist schon zurück? Hast Du den Director nicht gesprochen?

Max. Ich traf ihn nicht zu Hause und hinterließ meine Karte; erwarte demnach, daß er zu uns kommt. (Mit prüfenden Blicken.) Du hast Besuch gehabt, Papa?

Conrad. Jawohl: Baron Waldhof; bist Du ihm begegnet?

Max. An der Hausthür, Arm in Arm mit dem Secretär der englischen Gesandtschaft.

Conrad. So? Der war nicht bei mir; nur Baron Waldhof allein.

Max. Es scheint sonach, daß der Secretär den Baron unten erwartet hat. (Kopfschüttelnd.) Eigenthümlich! Was übrigens den Geheimrath betrifft, so hatte er es sehr eilig und warf nur flüchtig die Bemerkung hin: er habe sich mit Dir ausgeplaudert.

Conrad (ausweichend). Jawohl, jawohl; er brachte seine Tochter Pauline zur Mama; natürlich wegen Vereinsangelegenheiten... und da schwatzten wir ein Viertelstündchen zusammen.

Max. Auch über den Handelsvertrag?

Conrad (mit einem Anflug von Befangenheit). Ei, über Alles und Jedes.. auch über den Handelsvertrag.

Max. Du hast doch Deine Meinung unverhohlen ausgesprochen?

Conrad. Selbstverständlich!

Max. Nun, und er? Hat er nicht etwa den Versuch gemacht – Dich umzustimmen?

Conrad (ärgerlich). Was fällt Dir ein, mich — und umstimmen! Du kennst mich doch — was ich einmal sage!... Indessen hör' mal, Max, ganz unter uns: mit der Opposition wird man einen schlimmen Stand haben... denn siehst Du ... wenn man alle Umstände ins Auge faßt, und die Gründe hört, welche die Leute Dir vorbringen..

Max (mit besorgter Miene). Gründe, die wohl gar auch Dir einleuchten, Papa?

Conrad. Was fällt Dir ein! Mir? — Dummes Zeug! Mir nicht, aber der großen Menge; das ist's, mein Sohn.

Eilfte Scene.
Vorige. Schröffel.

Schröffel. Herr Conrad, (zieht seine Uhr) Herr Kleppich wartet nun seit einer vollen Stunde; soll ich ihn nicht auf ein ander Mal bestellen — (halb unverständlich brummend) wenn Sie schon heute nicht gelaunt sind, ihn zu empfangen.

Conrad (ärgerlich). Warum lassen Sie mich nicht erinnern? Wenn sich's um Beantwortung des gleichgültigsten Briefes handelt, da mahnen und quälen Sie einen ohne Rücksicht — weil Sie mit Ihrer Correspondenz à jour sein wollen — da stören Sie einen beim Allerwichtigsten, (mit großem Nachdruck) sogar beim Essen! Bei allem Andern aber bleiben Sie mit einer Gemüthsruhe an Ihrem Pulte sitzen, als wenn Sie die Geschichte rein gar nichts anginge. — Ich bitte Sie, sehen Sie mich nicht so achselzuckend und mitleidig an! —

Schröffel (brummt immer dazwischen). Na ja freilich! — jawohl! — natürlich!

Conrad (zu Max). Ich bin doch gewiß nicht vergeßlich! (Setzt sich.) Also, Max, wie ich Dir eben sagte, wegen des —

Schröffel (brummend). 's geht nichts über ein gutes Gedächtniß!

Conrad (springt auf). Ach ja so! (Zu Schröffel im Abgehen.) Sie sind der Letzte, der über Vergeßlichkeit spotten darf.

Schröffel (aufbrausend). Was? Ich?

Conrad. Ja! Sie! (Ab.)

Schröffel (nachrufend). Da muß ich bitten! So was lass' ich mir nicht nachsagen.

Zwölfte Scene.

Max. Schröffel. Norton.

Norton (radebrechend). Pardon, wenn ich störe. (Leichte Verbeugung gegen Max.) Ich suche Herrn Wänkler; der Diener sagte mir, er wäre hier.

Schröffel (barsch). Ist ausgefahren.

Norton. Und um welche Stunde, wenn Ihnen gefällig, erwartet man seine Rückkehr?

Schröffel. Ist unbestimmt.

Norton. So ich kann nicht warten auf ihn?

Schröffel. 's kann bis Abend dauern.

Norton. Dann bitte Sie recht sehr, ihm geben über zu wollen meine Karte. (Lächelnd zu Max.) Verzeihen Sie, daß ich Sie belästige mit mein unangenehme Gegenwart. (Schröffel geht ab.)

Mar. Warum unangenehm?

Norton. Sind wir nicht Feinde?

Mar. Feinde? Wir vertreten Jeder unsere Sache nach unsrer Meinung, unsrer Ueberzeugung.

Norton. Ich gebe aber nicht auf die Hoffnung Sie zu sehen bekehrt.

Mar. Wie so manchen Andern? — Darauf machen Sie sich keine Hoffnung.

Norton. Also ein Kampf bis auf die Messer.

Mar. Wenn es ein Kampf Mann gegen Mann wäre — aber wir kämpfen ja doch nicht mit gleichen Waffen.

Norton. Sie werden boshaft, Mr. Conrad.

Mar. Das war nicht meine Absicht; ich wollte nur erwähnen, daß jedes Geschöpf, ob Mensch, ob Thier, mit den Waffen kämpft, die ihm zu Gebote stehen.

Norton (lächelnd). Allright! Der Löwe mit seinen Pfoten — ah, Tatzen will ich sagen; der Büffel mit seinem Horn...

Mar. Der Fuchs, die Schlange... mit List und Verschlagenheit...

Norton. Allright! Und der Diplomat mit...?

Mar. Mit Diplomatie; — damit ist Alles gesagt.

Norton. Sie geben doch zu, daß im Kriege Alles erlaubt ist, was nicht verstößt gegen... dem... Völkerrecht?

Mar. Ich kann nicht widersprechen.

Norton. So wir uns befinden ja in bester Uebereinstimmlichkeit. (Spöttisch.) Herr Festungcommandant, machen Sie sich gefaßt auf baldige Capitulation. Ich verspreche Ihnen aber schon im Voraus Bewilligung des Abzuges mit wehendem Spiel und klingende Fahnen.

Mar. Oder mit klingendem Spiel und wehenden Fahnen.

Norton. Ganz recht! Ich danke. (Mit leichter Verbeugung, lächelnd ab.)

Schröffel (zurückkommend, brummend). Na, geht er endlich fort

Dreizehnte Scene.
Max. Schröffel.

Max. Ein arroganter Mensch, dieser Norton! Seine Zuversicht macht mich in der That höchst besorgt.

Schröffel. Na, na, na, nur nicht gleich wieder verzweifeln. Aber was hab' ich denn nur wollen? Hm! — (Sieht in sein Notizbuch.) Ja — den Entwurf des Garantiebriefes brauche ich und zwar dringend, junger Herr.

Max (sehr verdrießlich). Später, später; muß es denn im Augenblick sein?

Schröffel. Sie haben ja grade nichts Wichtiges zu thun!

Max. Ich bitte Sie, mein lieber Herr Schröffel —

Schröffel (auffahrend). Das ist was Schreckliches bei uns, daß man bei jeder Arbeit aufgehalten wird.

Max. Geduld! Ich such' ihn schon! (Geht zum Schreibtisch, sucht in den Papieren.)

Schröffel. 's ist ja wahr! — Aber ein Gesicht machen Sie, Herr Max, daß einem zu Muthe wird, wie im Gebirg, wenn die schwarzen Wolken dicht herunterhängen, und man jeden Augenblick fürchtet, daß ein Unwetter niedersaust.

Max. Hab' ich denn nicht Grund dazu, lieber Herr Schröffel? (Ihm ein Schriftstück einhändigend.) Hier der Entwurf. — Was der arrogante Engländer zu mir sagte, das ist's ja nicht allein; Papa hat eben einen Besuch gehabt: Geheimrath Waldhof —

Schröffel (nickend). Aha!

Max. Nun will ich allerdings nicht behaupten, daß es dem Geheimrathe schon gelungen ist, meinen Vater umzustimmen — mein Vater ist ein Ehrenmann — aber er hat seine kleinen Schwächen, und darum fürchte ich, daß man ihn durch Phrasen aller Art... daß man ihn mit einem Wort wankend gemacht hat, und das ist gefährlich genug.

Schröffel. Leider, denn wenn Herr von Wänkler dies merkt, so —

Max. Sagen Sie es nur frei heraus: so hat er im Handumdrehen meinen Papa ganz zu sich hinübergezogen. (Finster auf und abgehend.) Meine Lage ist gradezu unerträglich!

— Ist's doch nicht nur diese Angelegenheit allein, die mich in Conflict bringen wird mit meinem Vater, — auch noch eine andere: die geplante Heirat mit Emma.

Schröffel (erstaunt). Wie? — Gefällt Ihnen das Mädchen nicht?

Max. Emma ist ein hübsches Mädchen, nicht ohne Anmuth, ich bin ihr sogar von Herzen gut, aber...

Schröffel. Nun, Herr Max?

Max. Aber zu denken, daß sie mein Weib werden soll — mithin meine Gefährtin fürs ganze Leben — der Gedanke ist mir unfaßbar.

Schröffel. Das scheint Ihnen nur so, Herr Max; — glauben Sie dem alten Praktikus. Vor dem Heiraten hat mancher Junggeselle Angst, wie, wie — vor dem ersten kalten Bad. Man schaut immer hinein ins Wasser und will nicht dran; ist man aber einmal hineingesprungen, fühlt man sich recht wohl darin.

Max. Sie haben leicht predigen! Sie sind ja selbst nicht hineingesprungen.

Schröffel. Ja, bei mir ist das etwas ganz Anderes! Wo hätte denn ich die Zeit hergenommen zum Heiraten! — Und sehen Sie, Herr Max, Sie und Emma sind wie für einander geschaffen. Sie werden ein Pärchen abgeben, 's wird eine wahre Freude sein. Nein, Herr Max, was die Politik betrifft, da haben Sie Recht: fest und unerschütterlich zu bleiben, was auch kommen sollte. — In Bezug auf Fräulein Emma aber ... na, da werden Sie doch des alten Herrn Lieblingsplan nicht durchkreuzen wollen, der's so gut mit Ihnen meint, und dem Sie das kleine Opfer wohl bringen können! (Max lachend auf die Achsel klopfend) Das kleine Opfer, das Ihnen übrigens nicht allzuschwer fallen wird.

Max (nicht resignirt, langsam mit dem Kopf). Sie haben Recht, alter Freund; ich kann nicht anders, als Ihren Worten zustimmen. — Aber kommen Sie, wir wollen den Entwurf mit dem neuen Haftbriefe vergleichen. Doch halt! — was sehe ich?! Ist's ein Wink der Götter?! (Nimmt eine unter den Papieren liegende Zeichnung zur Hand.)

Schröffel (spöttisch). Die verunglückte Erfindung des Herrn von Wänkler: das großartige neue Hochofen=System!

Max. Wie wär' es, wenn ich die Sache wieder aufs Tapet brächte: ihm sagte, daß mit einer kleinen Abänderung das Project ausführbar, lebensfähig werden — ja zu großer Bedeutung gelangen könne!

Schröffel (lachend). Ah, jetzt verstehe ich! Sie wollen auf diese Weise seine Begeisterung für den Handelsvertrag abkühlen und so die Ränke der Herren Diplomaten durchkreuzen?

Max. So ist es! — Sie wissen ja, wie leicht er oft Feuer fängt! Ein kleiner Funke zur rechten Zeit und in ihm glimmt's fort und fort — bis zuletzt — wie von ungefähr eine große Flamme aus ihm herausschlägt!

Vierzehnte Scene.

Vorige. Pauline.

Pauline (an der Schwelle stehen bleibend). Darf ich einen Augenblick stören?

Max (sich freudig überrascht umwendend). Ich wüßte nichts, das mir willkommener sein könnte, als diese Störung.

Schröffel (vertieft sich in die Betrachtung der Zeichnung).

Pauline. Wir wollten eben in den Wagen steigen, da fiel mir ein, daß ich meinen Sonnenschirm vergessen hatte; im Nebenzimmer glaubte ich Ihre Stimme zu hören und trat ein.

Max. Sprach ich so laut? (Im Declamationston.) „Stentorn gleich, dem Starken an Brust und eherner Stimme, — dessen Ruf laut tönte, wie fünfzig anderer Männer." — Als Entschuldigung darf ich anführen, daß ich sehr in Eifer gerathen war; übrigens hat dieser kleine Stimm-Exceß ja eine so glückliche Folge gehabt .. wie zum Beispiel .. der ...

Pauline. Vollenden Sie das Compliment; — ich bin auf Alles gefaßt.

Max (lächelnd). Nun, sei's, auf die Gefahr hin, Ihren Spott herauszufordern. Ich wollte sagen wie zum Beispiel der häßliche Regen Ursache ist, daß der wundervolle Farbenbogen sich über den Himmel spannt.

Pauline. Sie vergleichen mich also mit einem Regenbogen?

Ich danke Ihnen herzlichst. Haben Sie bedacht, welche Beleidigung darin für eine Dame liegt?

Max. Wie wäre das möglich?

Pauline. Erinnert meine Toilette etwa an einen Regenbogen? — Und ist ein Regenbogen überhaupt etwas Besseres, als eine Augenweide, die nach wenig Minuten des Flimmerns und Schillerns — spurlos verschwindet?

Max. Verzeihen Sie, mein Fräulein, omne simile claudicat, jeder Vergleich hinkt; aber dafür hab' ich mich mit dem Regen verglichen.

Pauline. Worin ein ansehnliches Stück Selbstbewußtsein liegt; denn nach dem Regen sehnt sich Alles, was da blüht und sprießt auf der ganzen Erde.

Max. Ich erkläre mich für besiegt, mein Fräulein, und bitte um Frieden.

Pauline. Er sei zwischen uns abgeschlossen, aber unter der Bedingung: daß Sie in meiner Gegenwart nie wieder ein Compliment über Ihre Lippen bringen. (Mit einem Blick auf Schröffel.) Aber ich habe gewiß eine wichtige Unterredung unterbrochen.

Max. Durchaus nicht.

Pauline. Als ich mich der Thüre näherte, hörte ich etwas von „glimmenden Funken", die zur Flamme werden — ich hätte so gern ein Bißchen zugehört; Sie sprachen gewiß über Staatsangelegenheiten, denn Ihre Stimme klang so ernst, so feierlich, wie wenn Sie in der Kammer das Wort ergreifen.

Max. Wie, mein Fräulein, Sie haben mich schon sprechen hören?

Pauline (verlegen). Ganz zufällig.. ich war... das heißt: meine Schwester und ich... sie wollte nämlich einmal einer Sitzung beiwohnen... und da hat sie mich mitgenommen. — Aber ich vergesse beinahe den Zweck meines Erscheinens; waren Sie so freundlich, Herr Doctor, den Aufruf zur Sammlung für die Abgebrannten umzuarbeiten?

Max. Ich habe nur hie und da eine Kleinigkeit geändert; das Concept war so vortrefflich —

Pauline (einfallend, mit dem Finger drohend). Denken Sie an unsere Friedensbedingung!

Max (nimmt aus dem Schreibtische ein Blatt Papier und überreicht es ihr). Hier, mein Fräulein. (Pauline dankt freundlichst.) Und dann möchte ich noch um etwas bitten.

Pauline. Sprechen Sie, Herr Doctor.

Max. Daß das Original=Concept in meinen Händen bleiben darf.

Pauline. Doch hoffentlich nicht als Probestück, wie weit man's im Unleserlichschreiben bringen kann. — Aber es ist Zeit, daß ich eile; Ihre Frau Mama und Emma erwarten mich gewiß schon mit Ungeduld. Nochmals meinen besten Dank, Herr Doctor!

Max. Ich wünsche einen glänzenden Erfolg; wenn es öffentlich bekannt würde, wer den Aufruf verfaßt hat —

Pauline. So würden Tausende ohne Bedenken ihr ganzes Hab und Gut den Mittelsdorfern widmen; dann müßte man wieder für diese Armen sammeln. (Reicht ihm die Hand und geht; an der Thür mit einem Knix:) Der Regenbogen verschwindet. (Durch den Haupteingang ab.)

Fünfzehnte Scene.

Max. Schröffel. Dann Wänkler.

Schröffel (schmunzelnd). Ei, Herr Max, Sie waren ja wie umgewandelt? (Ahmt Max' Verbeugungen nach.)

Max. Sprechen Sie mir nicht davon. Den Regenbogen, den haben Sie auf dem Gewissen, mit Ihrem Gleichniß vom drohenden Gewitter. (Man hört Wänkler's Stimme hinter der Scene; — hastig:) Wänkler kommt! Lieber Herr Schröffel! Wenn Sie die Durchführung der kleinen Komödie übernehmen wollten. (Ihn an der Hand nehmend.) Ihnen glaubt er auf's Wort; wenn ich's ihm sage, könnte er Mißtrauen fassen; — also, alter Freund, wollen Sie?

Schröffel (nickt lachend mit dem Kopf, indem er Max die Hand schüttelt). Recht gerne!

Max. Nur wenig Worte. — Epochemachend! Genialer Gedanke! — Auf eine Lüge mehr oder weniger kommt's Ihnen ja nicht an —

Schröffel (macht eine komische Geberde der Entrüstung). Was?

Max (fortfahrend). Wenn's zu meinem Besten ist, zu meinem Wohle! (Rasch ab ins Bureau.)

Wänkler (an der Mittelthür, hinausrufend:) Wenn Herr Kleppich fortgeht, melden Sie es mir. (Im Eintreten.) Ein Schwätzer das, dieser Kleppich).

Sechzehnte Scene.
Schröffel. Wänkler.

Wänkler (Hut auf dem Kopf, sehr geringschätzig). — Morgen, Schröffel.

Schröffel (steht, die Zeichnung in der Hand). — Morgen!

Wänkler (sehr erstaunt). Ei, was seh ich? Meine Erfindung, meine Hochofenskizze — wozu ist denn die wieder ans Tageslicht gebracht worden?

Schröffel. Ganz zufällig, Herr von Wänkler, nämlich.. Herr Max... (Räuspert sich.)

Wänkler (äußerst gespannt). Nun... Herr Max...?

Schröffel. Ich darf's nicht sagen, es würde Herrn Max nicht recht sein.

Wänkler (liebenswürdig). Mein lieber Herr Schröffel, Sie müssen es mir sagen! Ich schwöre Ihnen, daß ich mir nichts merken lasse.

Schröffel. Mit dem besten Willen — es geht nicht; 's geht durchaus nicht!

Wänkler (ihn unter den Arm nehmend). Mein lieber, alter Freund Schröffel — (Schröffel schielt ihn an) wenn ich Ihnen mein Ehrenwort verpfände...

Schröffel. Nun denn... (feierlich) aber unter dem Siegel der Verschwiegenheit!... Herr Max hat die Skizze einem fremden Ingenieur gezeigt.

Wänkler. Einem Ingenieur? Setzen Sie sich! (Drückt Schröffel auf einen Stuhl, setzt sich ihm gegenüber.) Einem Ingenieur?

Schröffel. Einem Amerikaner —

Wänkler. Einem Amerikaner —?

Schröffel. Einer Capacität —

Wänkler. Einer Capacität? — Natürlich; die Ingenieure in Amerika sind alle Capacitäten!

Schröffel. Der sagte, es sei möglich: — das fatale Hinderniß durch eine geringfügige Abänderung völlig zu beseitigen.

Wänkler (ganz entzückt). Völlig zu beseitigen, sagte er?

Schröffel. Er nennt die Erfindung epochemachend.

Wänkler. Epochemachend!

Schröffel. Einen — einen — genialen Gedanken.

Wänkler (außer sich). Genialen Gedanken! Und der Mann ist eine Capacität? Natürlich; die Ingenieure in Amerika sind alle Capacitäten. Wie heißt er? Wo ist er? Ich bitte Sie, sagen Sie es mir!

Schröffel. Das kann und darf ich nicht, Herr von Wänkler.

Wänkler. Na, das wird sich finden; aber was sagt denn der Rhadamanthus Max dazu, der meine Idee für total un= ausführbar gehalten hat?

Schröffel. Der sagte: es wäre Schade um weitere Expe= rimente, weil..

Wänkler. Weil?

Schröffel. Weil die Sache ohnehin nur einen theoretischen Werth haben kann.

Wänkler (macht ein sehr langes Gesicht). Wieso? Was will er damit sagen?

Schröffel. Herr Max meint, daß das Umgestalten der Hochöfen sehr große Kosten verursachen würde, was zwecklos sei, da von einer Concurrenz mit England auch mit dieser Verbesserung der Hochöfen nicht mehr die Rede sein kann.

Wänkler (sehr verstimmt, zupft sich nervös am Barte). Concurrenz mit England?

Schröffel. Ja; denn Herr Max meint, daß der Handels= vertrag unzweifelhaft zu Stande kommt.

Wänkler (sehr gedehnt). So? — Meint er das? (Pause; blickt Schröffel stumm an, steht auf, geht nach vorn.) Und deswegen soll meine epochemachende Erfindung nicht... Natürlich! er muß Recht behalten! (Heftig mit seinem Spazierstöckchen fuchtelnd.) Er hat von meiner Erfindung nichts gehalten, drum soll sie auch nicht ins Leben treten! — Und er hat Ihnen verboten, mir von einer für mich so hochwichtigen Nachricht Mittheilung zu machen?

Schröffel. Herr von Wänkler, Sie haben mir Ihr Ehrenwort gegeben! (Verbeißt mühsam das Lachen.)

Wänkler (ohne ihn anzusehen). Liebster, bester Freund, fürchten Sie nichts, ich lasse mir nichts merken! — Aber es wird der Tag kommen, wo der gute Herr Max zerknirscht — zerknirscht! eingestehen soll, wie sehr er sich geirrt hat. (Wild auf und ab.)

Schröffel. Herr von Wänkler, gehorsamer Diener! (Bei Seite.) Der Hochofen wäre glücklich angeblasen! (Ab ins Bureau.)

Siebenzehnte Scene.

Wänkler. Dann Conrad.

Wänkler (aufgeregt auf- und abgehend). Epochemachend, sagte er; — großartige Erfindung! Genial! — Und diese epochemachende, großartige, geniale Erfindung soll im Keim erstickt werden? Oho — nein! lieber soll der ganze Handels= vertrag zum Teuf —

Conrad (vom Bureau kommend). Nun, wie —

Wänkler. Sind Sie endlich mit dem Menschen fertig geworden?

Conrad (will antworten). Ich habe —

Wänkler. Dieser Herr Kleppich ist ein schrecklicher Schwätzer; und dabei hat Alles, was er sagt, so gar keinen Werth; ich kenne wahrhaftig keinen Menschen, der ihm an Schwatzhaftigkeit gleichkäme.

Conrad (halblaut, mit hämischem Seitenblick). Na, ich kenn' einen.

Wänkler. Was sagen Sie?

Conrad. Nichts, nichts; ich habe nichts gesagt. Fragen wollte ich Sie, was Sie ausgerichtet haben.

Wänkler (wirft sich vorn rechts auf das Sopha). In der Geschäftsangelegenheit? Alles in Ordnung; aber davon später. — — Na, wissen Sie schon, wie die Neuwahlen ausfielen?

Conrad (setzt sich achselzuckend in einen Fauteuil; bei Seite). Jetzt finde ich Gelegenheit!

Wänkler. Alle fünfzehn Sitze haben wir, die ministerielle Partei. Wir! — haben wir. (Brennt eine Cigarette an.)

Conrad. Das war vorauszusehen;...hat übrigens...nicht viel Bedeutung.

Wänkler. Das hat eine ganz enorme Bedeutung — eine ungeheure Bedeutung!

Conrad (blickt ihn fragend an). Hm!

Wänkler (die Beine auf das Sopha legend). Wegen des Handelsvertrages. (Bei Seite.) Jetzt soll er 'mal seine Freude dran haben, mich vollständig zu bekehren. (Raucht.)

Conrad. Da haben Sie allerdings Recht, daran dachte ich nicht. (Kopfschüttelnd.) Die Umstände gestalten sich für den Handelsvertrag immer günstiger. (Schielt zu ihm hinüber.)

Wänkler. Na, na, na; dem ist doch nicht ganz so; durch die neuen fünfzehn Sitze haben wir, (aufgeblasen) die ministerielle, die liberale Partei, die absolute Majorität erlangt.

Conrad. Gewiß, gewiß.

Wänkler. Wissen Sie, dadurch kommt man endlich aus dem unerquicklichen Zustande der Unsicherheit heraus; man braucht nicht mehr für den Bestand des Ministeriums zu zittern, und das ist ein großes Glück, denn nun wird man wieder einmal frei aufathmen können; man wird nicht mehr gezwungen sein. (Conrad erwartungsvoll anblickend) Allem, was uns da vorgelegt wird. pagodenartig zuzustimmen — nur aus Parteidisciplin.

Conrad. Sehr richtig. — Was nun den Handelsvertrag betrifft... (stockt, um Wänkler Gelegenheit zu geben, ihn zu unterbrechen.)

Wänkler. Jawohl, jawohl — den Handelsvertrag... (Blickt Conrad erwartungsvoll an, setzt sich, da er schweigt, neben ihn auf einen Fauteuil; ihn auf die Knice klopfend.) Sprechen Sie, lieber Conrad, sprechen Sie.

Conrad. Sie wollten ja etwas sagen, lieber Wänkler.

Wänkler. Après vous, Sie wissen, daß ich sehr ungern Jemand unterbreche.

Conrad (für sich). Das ist mir ganz neu! (Laut.) Ich wollte sagen, was den Handelsvertrag betrifft... so wird es da noch zu heftigen Kämpfen kommen. (Pause. — Da Wänkler nichts erwidert, fortfahrend.) Denn daß unsere Industrie arg geschädigt wird... das ist... unzweifelhaft! (Richtet einen prüfenden Blick auf Wänkler.)

Wänkler (rasch die Cigarette weglegend). Arg geschädigt; lieber Freund, das ist's ja eben! Das ist ja das Traurige, daß die Staatsmänner immer ihre politischen Zwecke für wichtig genug halten, um denselben, wie Sie sich gestern sehr richtig ausgedrückt haben, — das Wohl von Tausenden aufzuopfern. (Conrad kratzt sich hinterm Ohr.) Denn das muß ich Ihnen noch nachträglich gestehen: Sie haben gestern mit Ihrer Bemerkung den Nagel auf den Kopf getroffen. — Wie sagten Sie nur? „Den Schrullen — und den kleinlichen Rücksichten (Conrad hustet, ruft: Ja, ja! dazwischen.) der Diplomatie werden Tausende aufgeopfert!" War ein gutes Wort, lieber Conrad, — hat mir viel, sehr viel Stoff zum Nachdenken gegeben.

Conrad (hat Wänkler ganz erstaunt betrachtet). Wie ich indessen heute von verschiedenen Seiten gehört habe, soll es sich gegenwärtig... wirklich... um sehr wichtige politische Punkte handeln.

Wänkler. Wichtig, wichtig! — aber unsere Industrie; unser Handel; unsere Bürger! — unsere Arbeiter! — sind die nicht auch wichtig?

Conrad. Jawohl, jawohl; das war ja immer meine Ansicht: — aber, daß ich's sage: — so manchem unserer Industriellen, die noch immer den alten Schlendrian nicht aufgeben wollen, hätt' ich eine tüchtige Aufrüttelung von Herzen gegönnt.. und schließlich... was wirklich lebensfähig ist, ... das wird sich ja halten — und was nicht concurrenzfähig ist... ich bitte Sie... das ist werth, daß es zu Grunde geht! (Lehnt sich zurück und betrachtet Wänkler gespannt.)

Wänkler (hat währenddem immer mehr seinen Stuhl gedreht, so daß sich Beide dicht gegenübersitzen; starrt ihn verdutzt an. Pause). Na, erlauben Sie — das ist stark! — das ist unerhört!

Conrad (gereizt). Was ist stark? Was ist unerhört?

Wänkler. Wie ein Industrieller unseres Landes — ein sonst vernünftiger Mann — so sprechen kann!— (Springt auf, rennt an ihm vorüber.)

Conrad (sehr aufgebracht). Thun Sie nicht so entrüstet! — Haben Sie etwa gestern — hier auf diesem Platz — nicht dasselbe gesagt?

Wänkler. We—r? Ich? — Das ist nicht übel! Ich sollte das gesagt haben? Na, da muß ich schön bitten! Da haben Sie mich aber sehr mißverstanden!! (Geht auf seinen Stuhl zurück.) Und wenn ich es gesagt hätte —

Conrad. Na also!

Wänkler. Ich habe es nicht gesagt! — Aber wenn ich es gesagt hätte! — Gestern! Ja, zwischen dem Gestern und dem Heute ist eben ein riesengroßer Unterschied.

Conrad. Ein Unterschied? Wieso?

Wänkler. Ja!

Conrad. Darum indessen handelt sich's jetzt nicht; aber wenn Sie läugnen wollen, gestern dasselbe gesagt zu haben —

Wänkler Ja, dagegen protestire ich feierlichst! (Erheben sich gleichzeitig von ihren Plätzen, so daß sie sich gegenüberstehen.)

Conrad. Sie wollen es wirklich läugnen? Das ist unerhört!

Wänkler (zugleich). Erlauben Sie —!

Achtzehnte Scene.

Vorige. Max.

Max. Darf man den Grund dieser heftigen Debatte kennen? (Wänkler und Conrad stürmen auf Max zu, Jeder eine seiner Hände ergreifend, ihn vorziehend, so daß er beinahe an den grünen Tisch stößt:) Bitte, bitte, bitte!

Wänkler. Gut, daß Sie da sind, liebster Max! Was sagen Sie? — Mein Compagnon, Ihr Herr Papa, spricht für den Handelsvertrag!

Max. Wie, Papa? (Bei Seite.) Der Hochofen scheint zu wirken.

Conrad (in großer Verlegenheit und zornig). Dummes Zeug! man dreht mir jedes Wort im Munde um. Ich machte ein paar unschuldige Bemerkungen — das war Alles! — Aber er, er hat über Nacht seine Meinung gewechselt! (Max reibt sich vergnügt die Hände.)

Wänkler. Ich hätte meine Meinung gewechselt? War ich etwa für den Handelsvertrag? Ich war für das Ministerium! um dies zu erhalten, dafür war mir kein Opfer zu groß; dafür habe ich gesprochen. Heute — ja heute sieht die Sache ganz anders aus: die liberale Partei ist um fünfzehn Sitze verstärkt; wir haben die absolute Majorität; wir haben also gar nichts mehr zu fürchten. Heute kann man ruhig erörtern und erwägen, was man gestern noch unbedingt hätte annehmen müssen, eben aus Parteidisciplin!

Conrad. Und das soll man ruhig anhören, Max?

Max. Was kümmern uns die Debatten von gestern! Heute sind wir in Uebereinstimmung —

Wänkler (hastig nachsprechend) — in Uebereinstimmung.

Max. Und das ist die Hauptsache!

Wänkler. Die Hauptsache!

Max. Wir sind einig darüber —

Wänkler. Einig darüber —

Max. — daß der Handelsvertrag —

Wänkler. Der Handelsvertrag —

Max ⎫ (gleichzeitig). nicht — abgeschlossen —
Wänkler ⎭ werden darf!!

Wänkler. Das wäre ja — Wahnsinn!

(Der Vorhang fällt.)

Dritter Act

(Garten mit Büschen und hohen Bäumen. Rechts nahe der Hinterwand ein nach allen Seiten offenstehender Pavillon mit Tisch und Stühlen, durch Lampen hell beleuchtet. Links vorn ein großer Baum mit einer Gartenbank. Rechts vorn ein Tischchen mit Stühlen.)

Erste Scene.

Waldhof. Dorothea. Wänkler. Ludmilla. Norton. Pauline. Emma. Conrad. Max. Diener.

(Waldhof mit Dorothea am Arm; Wänkler mit Ludmilla; Norton, Pauline und Emma am Arm, mit beiden eifrig plaudernd; Conrad und Max in einiger Entfernung.)

Wänkler (von links sich Kühlung fächelnd). Ah, gottvoll; wie erquickend hier, wie angenehm! War das wieder einmal eine glänzende Idee von mir, diesen Vorschlag zu machen? Im Saale drin war die Hitze drückend! (Zu Max gewendet.) So manchmal kommt mir doch ein genialer Gedanke; meinen Sie nicht, Herr Max?

Max (lächelnd). Sie sind zu bescheiden, Herr von Wänkler.

Ludmilla. Ich möchte diese Bescheidenheit eher unbescheiden nennen.

Wänkler. Unklug ist's zu bescheiden zu sein heutzutage; ein großer Fehler; aber ich kann mir ihn leider nicht abgewöhnen. (Waldhof, Dorothea, Wänkler und Ludmilla nehmen im Pavillon Platz; ziemlich lebhafte Conversation; Diener serviren Kaffee. Wänkler bietet Cigaretten an, schließlich gleitet sein Cigarrentäschen, ohne daß er es merkt, unter den Tisch.)

Norton (mit Emma und Pauline am Arm, von links nach rechts über die Bühne promenirend). Wollen Sie auch Platz nehmen, meine Damen, oder fortsetzen wir unsere kleine Promenade?

Pauline. Ich möcht mich für die Promenade entscheiden.

(Gehen vor, promeniren.)

Emma. Natürlich; wenn man über eine Stunde an der Tafel sitzen muß und dabei kaum 'was reden soll, nicht wahr, Mr. William?

Norton (hat bald Emma, bald Pauline angeblickt). Ich that nicht zuhören jetzt; ich war in Nachgedanken.

Pauline. Das „kaum 'was reden", nicht wahr? Das ist eine Lage, die unerträglich ist.

Emma. Du willst mich necken, schweigsame Geheimraths= tochter? Ja, ich weiß ganz gut, der Apfel fällt gewöhnlich nicht weit vom Stamm.

Pauline. Das nenn' ich scharf beobachten.

Emma. Es ist mir als Tochter nicht entgangen, daß mein Papa nicht ohne Rednergabe ist; ich beobachte überhaupt Alles viel schärfer, als gewisse Leute glauben.

Pauline. Was willst du damit sagen?

Emma. Glaubst Du denn, ich merke nicht, daß Du ab= sichtlich so kalt bist gegen Max —

Pauline (ihr den Fächer vorhaltend). Du schreist schon wieder. Das ist eine abscheuliche Gewohnheit.

Emma. Zumal, wenn es sich um Dinge handelt, die Du gern geheim halten möchtest.

Pauline. Emma, Du vergißt, daß wir nicht allein sind.

Emma. Wenn man so rasch redet, versteht Einen der gute Mr. William Norton nicht.

Norton (wie vorhin). Wie beliebt?

Emma. Ich sagte, daß man in deutscher Sprache kein Geheimniß vor Ihnen besprechen dürfte.

Norton (selbstbewußt lächelnd). Das möchte ich rathen Niemand.

Emma. Nun, liebe Poly, willst Du mir endlich ein bischen Vertrauen schenken?

Pauline. Ich weiß nicht, was du von mir willst.

Emma (erbittert). Du weißt es nicht? Nun gut — gut! Na, dann zu Ihnen, Mr. William; erzählen Sie uns etwas von Ihrem Vaterlande. — (Nimmt Norton's Arm.)

Norton. Mit sehr vielem Vergnügen. (Pauline an den andern Arm nehmend.)

Emma. — von den prächtigen Pferden und insbesondere von den großartigen, weltberühmten Plumpuddings. (Gehen ab.)

Norton (im Abgehen). O, die Plumpuddings!

Conrad (sich vorn unter dem Baum zu Max setzend). Max, Max, ich bin unzufrieden mit Dir! Ich habe Dich den ganzen Nachmittag beobachtet; du wandtest kaum den Blick von der Baronesse ab, und wie hast du Emma vernachlässigt; Du bist ihr beinahe ausgewichen.

Max. Nicht daß ich wüßte...

Conrad. Sieh nur, (nach rechts in die Coulisse deutend) wie Emma sehnsüchtig nach Dir herblickt; Du aber nimmst kaum Notiz davon; — was aber die Baronesse betrifft... (schadenfroh lächelnd) so amüsirt sie sich vortrefflich mit dem Engländer; sie überhäuft ihn förmlich mit Auszeichnungen.

Max (ärgerlich). Was kümmert's mich! (Diener präsentirt Kaffee, Conrad nimmt, Max lehnt ab.)

Conrad. Zweifelst Du noch, daß sie eine Kokette ist?

Waldhof (zu Wänkler). Alle Hochachtung vor den Schätzen Ihres Kellers, aber ich muß bezweifeln, ob er einen Madeira enthält, der dem meinigen gleichkommt.

Ludmilla. Auch ich; soweit meine Fachkenntniß reicht...

Dorothea. Das käme auf die Probe an.

Wänkler. Mein Freund Conrad mag entscheiden.

Conrad (sich umwendend). Wovon sprechen Sie?

Wänkler. Von meiner Sorte Madeira. Ich bin arrogant genug — unsrem hochverehrten Wirthe (verbeugt sich gegen Waldhof) die Bemerkung zu machen, daß sich in meinem Keller eine noch vortrefflichere Sorte Madeira befindet, als diejenige, die er uns vorgesetzt, und bin bereit, diese Streitfrage oder Wette einem aus den verehrten Anwesenden gebildeten Areopag zur Entscheidung vorzulegen.

Waldhof. Gut, und was für einen Einsatz schlagen Sie vor?

Wänkler. Ich möchte vorschlagen, daß der Verlierende den Damen hundert Lose zu ihrer Wohlthätigkeitslotterie abzunehmen hat.

Dorothea } (gleichzeitig). Bravo, bravo! Sehr einverstanden.
Ludmilla }

Wänkler. Ich nehme mir noch die Freiheit, folgende Bedingungen zu stellen. (Sich erhebend und im Kreise umsehend.) Die Herrschaften geben mir morgen Abend die Ehre, den Thee bei mir einzunehmen. Schlag neun Uhr beginnt die große Prüfung. Stimmenmehrheit entscheidet. (Mit Nachdruck und zu Ludmilla gewendet.) Zu einer rechtsgültigen Entscheidung ist jedoch die Anwesenheit sämmtlicher Richter unerläßlich. (Hält Waldhof die Hand hin.) Einverstanden, Excellenz?

Waldhof (einschlagend). Einverstanden.

Wänkler (zu Dorothea). Ihre Zusage besitze ich ohnedies. (Zu Ludmilla.) Schönste aller Schwägerinnen! (Hält ihr die Hand hin.)

Ludmilla. Sie haben ja nur eine.

Wänkler. Diese Eine gilt mir für hundert.

Ludmilla. Hundert Schwägerinnen? Ich weiß nicht, ob ich das als Compliment auffassen darf.

Wänkler. Handschlag, Handschlag, Frau Schwägerin! — Baronesse! — Mr. William Norton! — Lieber Conrad! — Lieber Max! — Vortrefflich! ein Hoch dem Madeira, dem ich den Besuch so werther Gäste verdanke! (Setzt sich zwischen Max und Conrad.) Nun, was sagen Sie zu meiner Liebenswürdigkeit? — — Und in der Druckerei arbeiten die Setzer in diesem Augenblick bereits an dem Schwenkungs-Artikel für die morgige Tagespost, der energisch Front macht gegen England und gegen den Handelsvertrag. Wenn der Geheimrath eine Ahnung davon hätte!

Ludmilla. Finden Sie es nicht zu kühl hier, Frau Conrad?

Dorothea. Eben wollte ich dieselbe Bemerkung machen.

Waldhof. Wenn's beliebt, meine Damen, gehen wir hinein.

Wänkler (halblaut zu Max). Warum quälen Sie mein Töchterchen so sehr? Sie werden doch nicht glauben, daß sie an dem Engländer Gefallen findet? Lächerlich! Erlösen Sie das arme Kind endlich. (Bemerkt, daß Ludmilla sich erhebt.) Verehrte Frau Schwägerin! (Eilt zu ihr, bietet ihr den Arm.) Wie freue ich mich auf den morgigen Abend. Ich werde vor Ungeduld den ganzen Tag kein Auge schließen können.

Ludmilla. Den ganzen Tag?

Wänkler. Nacht, die ganze Nacht! Ich wundere mich übrigens nicht, daß mir an Ihrer Seite die Nacht zum

Tage wird. Das ist mir wieder gelungen, hahaha! (Ab mit Ludmilla nach hinten links.)

Waldhof (hat Dorothea seinen Arm gereicht, im Abgehen zu Conrad.) Hätten Sie Lust zu einer Whistpartie, Herr Conrad?

Conrad. Wird mir ein Vergnügen sein. (Waldhof mit Dorothea ab, nach hinten links. Conrad leise zu Max.) Ich sage Dir wie Wänkler: erlöse das arme Kind endlich; hörst Du? (Seufzend.) Du machst mir viele Sorgen, Max. (Ab, den Anderen nach.)

Max (bleibt einen Augenblick stehen; seufzend). Sei ohne Sorgen, Vater; Dein Sohn wird sich verlieben und heiraten, genau, wie Du's verlangst. Warum auch nicht? Der Baronesse halber etwa? Für die ich heute kaum existire, während sie mit diesem Norton... und doch!—Gilt denn Emma nicht schon für meine Braut? — Ach, es ist eine Qual! (Wendet sich um, sieht Norton mit den Damen kommen, rasch nach rechts ab.)

Zweite Scene.

Norton. Pauline. Emma.

Pauline. Nach Allem, was Sie da erzählen, muß London einen gradezu überwältigenden Eindruck machen. Aber wo ist Herr Max hingekommen? (Bei Seite.) Er ist böse; nur so fort!

Norton (Emma ins Ohr flüsternd). Emma, ich kann's nicht länger ertragen.

Emma. Nur noch ein klein wenig Geduld. (Zu Pauline.) Ich sehe schon, daß ich Dir mit gutem Beispiel vorangehen muß. (Zu Norton.) Sprechen Sie nur laut, Mr. William; meine Freundin darf und soll von nun an Alles wissen. Du weißt, theure Geheimrathstochter, daß ich diesen Repräsentanten der englischen Nation schon früher kennen lernte.

Pauline. Ja, en passant.

Emma. Sei jetzt nicht boshaft, Poly. Er kam zu wiederholten Malen in unsere Pension, um seine Schwester zu besuchen und da pflegte er mir immer eifriger und eifriger — wie man zu sagen pflegt, den Hof zu machen.

Norton. Ach ja; und ich war so glücklich.

Emma. Davon ist jetzt nicht die Rede, Mr. William.

Pauline (munter). Bleiben wir nur dabei. Also Sie waren so glücklich. Ja, wußte denn Mr. William auch, daß Du nach dem Plane Deines Papas gar nicht mehr frei warst?

Emma. Ja, er wußte es, aber seit gestern freute er sich, daß durch den Zwist meines Papas wegen des Handelsvertrages die Dinge eine so glückliche Wendung genommen....

Pauline. Wie erfuhr er denn das?

Emma. Als wir ihm gestern an der Hausthür begegneten, raunte ich es ihm zu.

Pauline. Ei, ei!

Emma. Und siehst Du, da steckt's ja, was mir das Herz abdrückt und was ich eigentlich nicht verrathen sollte. (Aufstampfend.) Aber nichts da! Ich will nicht geduldig die Hände in den Schooß legen; höre nun, Poly: die große, große Freude ist nur von kurzer Dauer gewesen.

Norton (seufzend). Ach ja! (Pauline sieht ihn überrascht an.)

Emma. Als ich nach Hause kam, hatte sich Papa wieder versöhnt.

Pauline (unangenehm berührt). Versöhnt?

Emma. Und Alles war wieder beim Alten.

Pauline (zu Norton). Sie scheinen das aber nicht erst jetzt erfahren zu haben, Mr. William.

Emma. Während Du vorhin die Rosen abpflücktest..

Pauline. Wie sich das Pensionat vervollkommnet hat! Nicht nur militärisch, auch diplomatisch wird man dort erzogen.

Norton (hat wiederholt zu sprechen versucht). Ach, ich bin so außer mir; denn nach den Sitten —

Emma. Ja, Poly, nämlich —

Pauline Du solltest den Herrn Secretär doch auch einmal reden lassen.

Emma. Ich hindere ihn doch nicht dran; reden Sie, Mr. William. (Setzen sich links vorn auf die Bank.)

Norton. Ach, mein Fräulein, wie ich bin niedergeschmettert! Bedenken Sie nach den bekannten Sitten meines Vaterlandes nenne ich, als jüngster meiner Brüder, nichts mein eigen, als meinen Namen und meine Stellung; diese aber ist leider noch sehr unbedeutend. Darf ich's daher wagen, neben einem Mr. Max Conrad aufzutreten als Mitbewerber? O, daß ich diesen Mann, den ich sonst achte und schätze, nun zum zweiten Male finden muß als Widersacher!

Pauline. Wie ist das zu verstehen?

Norton. Ich kann ohne Emma nicht leben und Emma auch nicht ohne mir — mich —

Emma. Erlauben Sie, wann habe ich Ihnen das gesagt?

Norton (vorwurfsvoll). Emma!

Pauline (lachend). So laß ihn doch ungestört reden.

Emma. Reden Sie ungestört, Mr. William!

Pauline. Fahren Sie fort; nehmen wir an, es sei wirklich gesagt worden.

Norton. Mein einziges Streben war: zu machen Carr —

Pauline. Carrière.

Norton. Carrière; ich danke! und ich bin so glücklich mein Ziel zu erreichen.

Pauline. Das ist ja prächtig.

Norton. Das heißt: nur wenn der Handelsvertrag zwischen mein Vaterland und Ihres zu Stande kommt. Sie wissen, Emma, dann bin ich ein gemachter Mann; dann ist mir ein Gesandtschaftsposten gewiß.

Pauline. Vortrefflich; damit begreife ich aber noch immer nicht, wie so Sie Herrn Max Ihren zwiefachen Widersacher nennen?

Norton. Nun in die Politik und in die Leibe — Liebe! Glauben Sie, Baronesse, daß Ihr Herr Papa dafür wäre, wenn es nicht nothwendig wäre für die Politik?

Pauline. Gewiß nicht.

Norton. Und auch Mr. Wänkler ist dafür; lesen Sie nur seine Zeitung.

Emma. Jetzt muß es aber heraus, ich kann mir nicht helfen! Nein!! mein Papa ist nicht mehr dafür! Ich hab' ihn rufen hören: (Wänkler's Stimme und Geberde nachahmend.) „Der Handelsvertrag darf nicht abgeschlossen werden; es wäre ja Wahnsinn!"

Norton. Das ist sehr unangenehm zu hören.

Emma. Wie phlegmatisch so ein Engländer sein kann.

Ach Gott, wenn ich ein Mann wäre! Können Sie denn gar nichts, gar nichts dagegen unternehmen?

Norton. Ich habe gethan, was ich konnte. Ich habe auch gemacht, daß Ihr Papa ist vorgeschlagen worden zu werden Consul of England.

Emma. Na, diese Nachricht hat er doch gewiß mit Freuden aufgenommen?

Norton. Er weiß ihr noch nicht.

Emma Weiß ihr noch nicht! (Die Hände zusammenschlagend.) Aber auf was warten Sie denn eigentlich?

Norton. Ich habe nicht zu Hause gefunden Herrn Ihren Vater.

Emma. So müssen Sie es ihm jetzt auf der Stelle mittheilen. Ach Gott, wenn ich ein Mann wäre! Aber auf der Stelle! Da kann ja noch Alles gut werden, denn ebenso, wie mein Papa streng und eigensinnig ist, ebenso ist er — ehrgeizig; ja, ehrgeizig ist er auch, hören Sie, Mr. William? — Sie müssen ihm aber sagen, daß er nur dann Consul wird, wenn der Handelsvertrag zum Abschluß kommt. Nur dann! Verstehen Sie? Und das muß augenblicklich geschehen.

Norton. Hier thut es sich doch nicht schicken —

Emma Ob sich's schicken thut oder nicht — (aufstampfend) es muß geschehen! Donnerwetter, haben Sie wenig Energie!

Pauline. Dafür hast Du desto mehr.

Emma (seufzend). Ach, was nützt mir die Energie, wenn Ihr Beide mich im Stiche laßt. (Für sich.) Wenn nur Poly zu mir stände! Aber warte, Dich will ich schon kriegen! (Seufzend zu Pauline.) Ach ja; Max ist ein so prächtiger Mensch — und wie glücklich wäre ich, wenn er anstatt mich zu lieben, — mich hassen würde!

Pauline (pikirt). Bist Du dessen so gewiß, daß er Dich liebt?

Emma (verstohlen nach ihr schielend). Du glaubst wohl, weil er sich so wenig mit mir beschäftigt, ja fast — mir ausweicht? — Das ist so seine Art, sagt Papa; ernst, einsylbig, verschlossen, sagt Papa, aber doch bis über die Ohren in mich verliebt.

Pauline (in gereiztem Tone). Sagt Papa? Nun, vielleicht

irrt er sich doch, der gute Papa. Ich möchte beinahe annehmen, daß er da nur einem frommen Wunsche Ausdruck gab; ich kenne zum mindesten eine junge Dame, in deren Gesellschaft Herr Max keinen Augenblick — einsylbig und verschlossen bleibt, außer die junge Dame hätte ihm durch ihr Benehmen Veranlassung dazu gegeben.

Emma (blickt ihr ganz nahe ins Gesicht). Wie Deine Augen funkeln! (Klatscht in die Hände, tanzt mit ihr herum.)

Pauline. Aber Emma, Emma!

Emma. Gott sei Dank; jetzt hast Du endlich Farbe bekannt; das ist himmlisch! Paulinchen, jetzt bin ich ganz glückselig, denn jetzt sind wir Alle drei — Verbündete, die dieselben Ziele anstreben.

Norton. Also ein Schutz= und Trotzbundniß, Baronesse? Das sein mein Fach.

Pauline (reicht ihm lächelnd die Hand). Ein Schutz= und Trotzbundniß! (Norton will ihr die Hand küssen.)

Emma (es verhindernd). Na, na, na, das finde ich sehr überflüssig. (Norton küßt ihr die Hand.) Nun aber, liebste, schönste, herzigste Poly, bietet sich Dir Gelegenheit, zu beweisen, daß Du mir wirklich eine wahre Freundin bist. Gib mir die Hand darauf, daß Du thust, um was ich Dich bitte.

Pauline (reicht ihr die Hand). Da hast Du sie.

Emma. Du mußt mit dem gestrengen Herrn Max reden, mußt ihn bitten, daß er auch für den Handelsvertrag stimmt.

Pauline. Nein, das kann ich nicht, was fällt Dir ein?!

Emma. Gabst du mir nicht die Hand darauf? Poly, wenn Dein Vater selbst dafür ist; — Max soll ja nichts dafür thun, wir sind zufrieden, wenn er nur schweigt; nicht wahr, Mr. William?

Norton. O, das wäre ein furchterliches, ach, ein unge= heueres Glück.

Emma (lächelnd). Ein furchterliches Glück?

Pauline. Ich will sehen, was sich machen läßt.

Emma (sie umarmend). Jetzt muß ich Dich aber wirklich todt drücken.

Pauline. Warte doch, bis ich mit Herrn Max gesprochen habe. Herr Alliirter, nun lassen Sie uns aber allein weiter conferiren; es könnte sonst das Mißtrauen der anderen Mächte in zu hohem Grade erregt werden.

Emma. (Zu Pauline.) Ich möchte dich vor Liebe aufessen, du gutes, liebes Kind du! (Zu Norton.) Nun aber gleich ans Werk gehen! Und energisch reden; so energisch als möglich! Bedenken Sie, es handelt sich um die Interessen Großbritanniens! rule Britannia! (Rasch mit Pauline hinten rechts ab. Clavierspiel hinter der Scene.)

Norton. Ich will sein furchtbar energisch! (Begleitet die Damen; im Zurückkommen erblickt er das von Wänkler verlorene Cigarrentäschchen, das er aufhebt.)

Dritte Scene.
Norton. Wänkler.

Wänkler (kommt, umherspähend, von links).
Norton. Sie vermissen Ihr cigar-case, Mr. Wänkler, hier es ist.
Wänkler. Danke. danke bestens; ich wußte, daß ich es nur hier verloren haben konnte. (Lächelnd.) Darf ich Ihnen einen Finderlohn anbieten?
Norton (nimmt eine Cigarre).
Wänkler. Drinnen wird Clavier gespielt, bald hätte ich gesagt: getrommelt; das kann mich nun bis zum Sterben langweilen, drum such' ich hier Schutz. Sind Sie vielleicht ein Freund von dem stundenlangen — (ahmt mit beiden Händen und Stimme das Clavierspiel nach) 's ist gräßlich!
Norton. Ich betrachte die Musik als eine Speise, — die genossen werden soll sehr mäßig.
Wänkler. Vortrefflich; ganz mein Fall; mäßig, sehr mäßig, so mäßig als möglich. Aber da fällt mir ein; ich fand Ihre Karte zu Hause vor; — (das Clavierspiel hört auf) werden Sie mir vielleicht morgen das Vergnügen machen? Ich kann Ihnen nicht zumuthen — jetzt... (Setzen sich rechts vorne.)
Norton. Bitte, Mr. Wänkler, ich war gekommen zu Sie, um Ihnen zu fragen, oder das heißt: ich mir wollte erbitten Ihre Zustimmung zu ein Schritt, den ich auf eigene responsibility unternommen habe für Sie.

Wänkler. Ich bin sehr gespannt, Herr Legations=
Secretär.

Norton. Es betrifft unser Consulat, das seit dem Tode des
Barons Felgheim ist vacant. Sie wissen vielleicht, daß dieser
Consulat ist versprochen geworden an dem Banquier Bohnen=
stamm?

Wänkler. Bohnenstamm? Dieser Mensch — englischer
Consul? Dieser eitle Hans Narr, dieser Ordensjäger? es ist
unglaublich!

Norton. Aber es ist so. Nun, ich habe mit dem Botschafter
gesprochen und vorgeschlagen einen anderen Mann, der seine
Sympathien für England hat schon öfters bewiesen.

Wänkler (freudig erregt). Sie sprechen von... von...

Norton. Von Ihnen, my dear Sir! Von dem Leit...

Wänkler. Leit?

Norton. Leitart — Leitartikel in Tagesboten, welches ich
telegraphisch berichtigte nach London. Aber ich muß wiederholen,
daß die Stelle Baron Bohnenstamm ist zugesagt, und mein
Vorschlag nur dann findet Annahme, wenn der Handelsvertrag
kommt zu Stande.

Wänkler. Nur wenn der Handelsvertrag zu Stande kommt
— ich begreife das vollkommen. Für das stolze, mächtige
England habe ich immer die wärmsten Sympathien empfunden.
Seien Sie überzeugt, daß die wackeren englischen Unterthanen
keinen sorgsameren Vertreter finden können als mich. (Bei Seite.)
Donnerwetter, der Schwenkungsartikel! (Sehr unruhig.) Vorläufig
bitte ich Sie, meinen wärmsten Schwenkungs — ah — Leitartikel
— Dank — Dank entgegen zu nehmen. (Drückt ihm die Hand.)
Meinen herzlichsten Dank! (Aufstehend, an ihm vorüber.) Aber
ich habe Sie aufgehalten; ich bitte Sie vielmals, mich zu
entschuldigen, mir fällt eben ein... ein wichtiges Geschäft
...(Drückt ihm nochmals die Hand.) Auf Wiedersehen! (Geht nach
hinten.)

Norton. Ich glaube, das hat gemacht gute Wirkung. (Ab
vorn links.)

Vierte Scene.

Wänkler. Dann Diener.

Wänkler (kommt wieder vor). Unter diesen Umständen darf ja der Schwenkungsartikel gegen England, gegen den Handelsvertrag durchaus nicht erscheinen!... Der Erfinder, der geniale Erfinder Wänkler! — klingt ganz gut — — aber Generalconsul von Wänkler — oder von Wänkler, Generalconsul von Großbritannien — das klingt noch besser! viel besser! — Nein, der Artikel darf nicht erscheinen! (Ein Diener ist hinten aufgetreten, der im Pavillon abräumt.) Mensch, he! Haben Sie Zeit? So antworten Sie doch! Sind Sie taub, sind Sie stumm?

Diener. Bitte, gnädiger Herr, zu befehlen.

Wänkler (äußerst nervös, sucht in allen Taschen). Haben Sie Tinte, Feder und Papier? oder Papier und Bleistift? — Wie? nicht? — Ein anständiger Mensch soll immer Tinte, Feder und Papier bei sich haben.

Diener (reicht ihm einen Bleistift und ein Notizbuch). Wenn das genügt, gnädiger Herr.

Wänkler. Schicken Sie mir noch einen zweiten Menschen her. (Schreibend.) „Artikel gegen Handelsvertrag" —

Diener (bleibt stehen, wendet sich um, ruft einige Male). Johann! Johann!

Wänkler (dem Diener den Mund zuhaltend). Schreien Sie nicht so wie ein hungriger Elephant; das ganze Haus soll ja nicht alarmirt werden, schreien Sie leise! (Diener geht nach hinten, ruft leise. Wänkler weiter schreibend.) „Artikel gegen Handelsvertrag unterdrücken, darf keinesfalls" — zehnmal unterstrichen — „keinesfalls erscheinen." (Sieht nach der Uhr.) Gott sei Dank, 's ist noch nicht zu spät! (Zum Diener.) Da, mein Freund, besorgen Sie diesen Zettel in die Redaction! (Gibt ihm den Zettel und Geld.) Aber mit verhängten Zügeln!

Diener. Mit was für Zügeln?

Wänkler (ungeduldig). Mein Gott, haben Sie nie etwas von einer Redefigur gehört? (Bei Seite.) Das versteht er auch nicht! (Laut.) Aber was ein Wagen ist, wissen Sie doch? Ja? — Schön! So setzen Sie sich in meinen Wagen und sagen Sie meinem

Kutscher, er soll Sie, so rasch die Pferde laufen können, zur Redaction fahren.

Diener. Zu welcher Redaction, gnädiger Herr?

Wänkler. Mensch, Sie kosten mich zehn Jahre meines Lebens! Zur Redaction des Tagesboten! Welche denn sonst?

Diener. Sehr wohl, gnädiger Herr!

Wänkler. Rasch, rasch mit Windeseile! (Diener ab, zum zweiten Diener, welcher auf das Rufen erschienen ist.) Sie, Mensch Nr 2. kommen Sie her, sagen Sie Herrn Conrad, dem alten Herrn, hören Sie, nicht dem jungen — und heimlich — daß ich ihn hier erwarte — daß ich ihn bitten lasse — (Diener ab.) Schade ist's doch um die geniale Erfindung; aber als Generalconsul (mit Grandezza) bin ich hoffähig! Und das Wappen! Oberhalb des Thores, oberhalb der Thür, auf dem Briefpapier, auf den Couverts, auf dem Klingelzug — überall das stolze Wappen Großbritanniens; ein silbernes Einhorn — und ein goldner Löwe — wird sich famos machen! Und die Devise — (nachsinnend) Wie lautet sie nur?

Fünfte Scene.
Wänkler. Conrad.

Conrad. Sie verlangten nach mir, lieber Wänkler?

Wänkler (ihm, ohne ihn zu hören oder zu sehen, entgegen gehend) Hony soit qui mal y pense!

Conrad (sieht ihn verdutzt an). Was sagen Sie?

Wänkler. Ah, Sie sind's, lieber Freund? Mein bester Freund! (Schüttelt ihm beide Hände.) Ja, ich habe mit Ihnen zu reden, sehr dringend zu reden.

Conrad. Was ist Ihnen? Sie scheinen etwas erregt?

Wänkler. Erregt? Hm! — Wie man's nimmt! Ja, ich bin erregt; das kommt davon, wenn man ein so zartfühlendes Naturell besitzt.

Conrad (mit komischem Erstaunen). Sie — ein zartfühlendes Naturell?

Wänkler. Sie zweifeln doch nicht etwa an meinem zartfühlenden Naturell?

Conrad. Durchaus nicht! — Also reden Sie, ich bin gespannt zu hören...

Wänkler (bei Seite). Wie fang' ich das jetzt an? (Ihm nochmals die Hände schüttelnd.) Mein lieber Freund! Sehen Sie, ich wollte Ihnen sagen, Sie aufmerksam machen — mit einem Wort, alter Freund: ich bin ein Mensch, der das doppelzüngige Wesen haßt und dem Falschheit geradezu — ein Ding der Unmöglichkeit ist.

Conrad. Haben Sie mich rufen lassen, um mir das zu sagen?

Wänkler. Lassen Sie mich zu Ende kommen. Mit einem Worte: die außerordentliche Liebenswürdigkeit des Geheimraths hat mich entwaffnet. Ich bin sein Gast, den er mit Aufmerksamkeiten überhäuft, und soll ihn täuschen, soll hinter seinem Rücken gegen den Handelsvertrag conspiriren? Ich, den er für seinen Bundesgenossen hält? — Nein! — Ich kann es nicht, — das ist mir nicht gegeben.

Conrad (brummend). Ich verstehe Sie nicht.

Wänkler. Sie verstehen mich nicht? (Bei Seite.) Jetzt hab' ich's. (Laut.) Sie verstehen mich nicht? — Sie? der eigentlich die Ursache aller meiner Bedenken ist —

Conrad (brummend). Ich möchte denn doch einmal wissen, wo das hinaus soll.

Wänkler. Ludwig! Hand aufs Herz, keine Faxen, wollen wir nicht offen miteinander reden, wie's ein paar alten Freunden geziemt? — — Sie sind im Grunde der Seele ja doch für den Handelsvertrag! Glauben Sie, daß ich das nicht weiß? Der Geheimrath hat mir ja erzählt, was er mit Ihnen gesprochen hat. (Ihn auf die Achsel klopfend.) Ich weiß Alles — Alles und noch mehr —

Conrad (brummend). Was wissen Sie?

Wänkler. Daß Sie — in den Freiherrnstand erhoben werden sollen.

Conrad. Lächerlich! Papperlapapp! Glauben Sie, ich denke dran?

Wänkler. Ich bitte Sie, machen Sie mir nichts vor! Der Mensch hat manchmal seine kleinen Schwächen, — ich kenne das genau — wenn ich auch selbst erhaben drüber bin.

Conrad. Erhaben drüber? Wer?

Wänkler. Ich!
Conrad. Sie?
Wänkler. Ja!
Conrad. Na!
Wänkler. Das glaube ich oft genug bewiesen zu haben. Schließlich habe ich ja auch schon so viele Auszeichnungen, die man mir förmlich aufgedrungen hat, bin insbesondere adelig, während Sie — (mit Rührung) Sie haben sich gewiß schon so gefreut — ist ja auch keine Kleinigkeit, die Baronie, und ich hätte sie Ihnen von Herzen gegönnt.

Conrad. Ich wiederhole Ihnen —

Wänkler. Ich sehe schon, daß ich Ihnen eine Brücke bauen muß. Nun denn: ich gestehe Ihnen offen, daß ich unwandelbar (feierlich) für den Handelsvertrag bin. Wenn ich einen Augenblick vielleicht geschwankt habe — war nur Ihr Sohn Max daran Schuld!

Conrad (herausplatzend). Das ist's ja, was auch mich hemmt — Uebrigens hören Sie mal, wie Sie consequent sind! —

Wänkler. Das bin ich auch; bin ich auch! nur laß' ich mich manchmal durch meine angeborene Liebenswürdigkeit beeinflussen. Aber dieser Einfluß macht sich nur auf meine Worte geltend, nie aber auf meine Thaten. Diese Inconsequenz ist daher immer nur äußerlich; innerlich bin ich stets consequent, ein römischer Charakter! — Sehen Sie, lieber Conrad, ich hätte eine unendliche Freude, wenn Sie die schöne Auszeichnung erlangen sollten, die Baronie...

Conrad. Hören Sie auf, ich bitte Sie!

Wänkler. Also zur Sache! Ich würde an Ihrer Stelle energisch auftreten und Max kategorisch erklären, daß er sich nicht in Ihre Angelegenheiten mischen soll.

Conrad. Nein, das ist unmöglich!

Wänkler. Ich möchte doch sehen, ob man diesem Cato gar nicht an den Leib rücken kann. Hat er denn gar keine verwundbare Stelle?

Conrad (den Kopf wiegend). Ja, er hat eine!

Wänkler (hastig). Er hat eine?

Conrad. Aber Sie werden davon nicht sehr erbaut sein — ich bin's auch nicht.

Wänkler. Reden Sie, reden Sie!

Conrad. Seit fünf Minuten weiß ich —

Wänkler. Was? was?

Conrad. Daß Max, anstatt für Ihre Tochter Emma, — für die Baronesse Pauline schwärmt.

Wänkler (blickt ihn verblüfft an. Pause). Das ist nicht möglich! Auf meinen Blick kann ich mich verlassen; ich sehe den Dingen bis auf den Grund; ich pflege mich nie zu irren.

Conrad. So lassen Sie mich doch mal reden!

Wänkler. Sie reden ja ohnehin immer.

Conrad. Ich hörte die beiden Mädchen im Pavillon am Fenster leise mit einander sprechen, trat zufällig näher, da habe ich Alles gehört.

Wänkler (verächtlich). Ah, Sie haben also gehorcht?

Conrad (zornig). Hätt' ich mir die Ohren verstopfen sollen?

Wänkler. Na, wenn sich die Sache wirklich so verhält, kann ich Ihren Max nur bedauern — denn er liebt hoffnungslos: einem Bürgerlichen gibt der Geheimrath seine Tochter nicht; aber halt! (In Ekstase, sich stolz emporrichtend.) Conrad, sinken Sie vor mir in den Staub! aber sofort in den Staub! — in meinem Gehirn ist ein großartiger Gedanke erwacht! — Daß ich kein Diplomat geworden bin — ist jammerschade!

Conrad. Heraus endlich mit dem Gedanken; bewundern Sie sich später.

Wänkler (fieberhaft gesticulirend). Max — in die Baronesse verliebt, kein Zweifel! sah ich ja auf den ersten Blick! Aber der Geheimrath — Baron — stolz — schrecklich ahnenstolz — gibt einem Bürgerlichen niemals die Hand seiner Tochter — einem Bürgerlichen — (ihn auf die Achsel klopfend) unter keinen Umständen. Max unglücklich — verzweifelt — will ins Wasser springen, da komm' ich mit meinem großartigen Gedanken! (Beide Arme ausbreitend.) Der Handelsvertrag ist der rettende Ausweg! Der Vertrag wird abgeschlossen; Sie werden in den Freiherrnstand erhoben; Max als Ihr Sohn wird Freiherr junior; so sind mit einem Schlage alle Hindernisse beseitigt!

Conrad. Und Sie glauben, daß ihn das dazu bestimmen wird?

Wänkler. Ich bitte Sie, was thut man nicht, wenn man verliebt ist; den größten Unsinn begeht man; das weiß ich von mir selbst.

Conrad. Verliebt ist er in die Baroneſſe, das iſt gewiß. Na, ich ſuch' ihn auf; ich will ihm ſagen, daß ich meine Einwilligung gebe, wenn er die Baroneſſe heiraten möchte. (Im Abgehen.) Ich thu's aber factiſch nur Ihnen zu Liebe.

Wänkler. Mir zu Liebe?

Conrad. Das iſt doch zweifellos, daß Ihnen ein Gefallen damit geſchieht.

Wänkler. Mir? — nicht übel; — Ihnen geſchieht ein Gefallen!

Conrad. Na, hören Sie —

Wänkler. Nur Ihnen; mir iſt das Ganze total gleichgültig.

Conrad. Erlauben Sie —

Wänkler. Iſt es mein Sohn oder Ihr Sohn? — Es iſt Ihr Sohn. Werden Sie oder ich Baron? Sie werden Baron! Alſo wem geſchieht ein Gefallen? Ihnen geſchieht ein Gefallen. (Beide ab.)

Sechſte Scene.

Max. Pauline.

Max (Pauline am Arm, von vorn rechts). Schenken Sie mir nur einen kurzen Augenblick! — (Vorwurfsvoll.) Den ganzen Abend haben Sie kaum das Wort an mich gerichtet, kaum einen Blick auf mich geworfen; habe ich eine ſolche Behandlung verdient?

Pauline (ſpöttiſch). Sie ſaßen doch — hätte ich Sie da ſtören dürfen — neben Emma — Ihrer Braut in spe.

Max. Wer nennt ſie ſo?

Pauline. Wer nennt ſie nicht ſo? Und iſt's denn nicht auch ganz erklärlich? Wo findet ſich ein reizenderes Geſchöpf als Emma? Und die, wie Ihr Papa vorhin bemerkte, ſo ganz wie für Sie geſchaffen iſt. Ich kann Ihnen als Freundin Emma's nur herzlichſt gratuliren.

Max. Sie ſcheinen es darauf abgeſehen zu haben, mich zu martern.

Pauline. Durch meinen Glückwunsch?

Max (ernst). Ich kenne Sie als ein Mädchen von Geist; werden Sie noch lange Gefallen daran finden, einer hochmüthigen Dame nachzuahmen, die sich der Lorgnette bedient, nicht um besser zu sehen, sondern um, was ihr nicht paßt, zu übersehen?

Pauline. Mit diesen Worten geht's mir wie mit manchem classischen Gedicht; ich fühle instinctiv, daß ein tiefer Sinn darin liegt — aber fassen kann ich ihn nicht. Indessen, ich will mir Mühe geben und darüber nachdenken. — Hochmüthige Dame, — Lorgnette, — übersehen, — halt! Dieses Wort haben Sie mit Nachdruck gesprochen, nun, was habe ich übersehen?

Max (mit Bitterkeit). Sie haben übersehen, gestatten Sie mir die banale aber treffende Redewendung, daß ich nicht jener Classe von Gecken angehöre, die schmetterlingsgleich die Frauenwelt umschwärmen, die heute dieser, morgen jener ihr Herz zu Füßen legen. Und doppelt schmerzt mich dies, weil gerade Ihnen, unter allen Mädchen nur Ihnen Gelegenheit geboten war, mich kennen zu lernen, meinen Charakter, meine Gedanken, meine Gefühle.

Pauline (verwundert). Halt, mein Herr; auch Ihre Gefühle? Haben Sie mit mir je davon gesprochen?

Max (mit Wärme). Wohl that ich dies bis zu diesem Augenblicke nicht; aber es gibt eine Sprache, die etwas auszudrücken vermag, ohne der kalten Worte zu bedürfen und des Umweges über Lippe und Ohr; jene Sprache, durch die ein Menschenherz sich mit dem anderen unmittelbar und doch so deutlich zu verständigen vermag.

Pauline (versucht den früheren spöttischen Ton beizubehalten, ihre Stimme wird jedoch allmählich weicher und unsicherer). Ich muß zu meiner Schande gestehen, daß meine Lehrer vergessen haben, mich in dieser merkwürdigen Sprache zu unterrichten; aber Sie, mein Herr, Sie wollen mich glauben machen, daß Sie derselben mächtig seien? Das ist unmöglich.

Max. Unmöglich?

Pauline. Ja, unmöglich! (Mit Innigkeit.) Weil ich Sie aller, auch der edelsten Regungen fähig halte — nur jener nicht, die man Liebe nennt; denn die Sprache der Liebe ist's doch, die Sie meinen. Sie nehmen alle die Aufgaben, die Ihnen in Ihrem Wirkungskreise gestellt werden, zu ernst. Unaufhörlich und rastlos vorwärts strebend nach hohen Zielen, gönnen Sie sich kaum Zeit, in Ihrer nächsten Nähe Umschau zu halten, und so nimmt die bis in die Wolken ragende Spitze eines Berges Ihre ganze Aufmerksamkeit gefangen, während Sie der Blumen kaum achten, die an seinem Abhange blühen und duften.

Max (stürmisch ihre Hände erfassend). Pauline, theures, herrliches Mädchen!

Pauline (mit Hingebung). Max!

Max (küßt ihr zärtlich die Hände). Sie machen mich zum glücklichsten der Menschen! Sie wollen zweifeln, daß ich zu lieben fähig bin, und Alles, was ich athme, was ich denke, ist Liebe, — Liebe für Sie — grausame und doch so bezaubernde Zweiflerin. (Zieht sie an sich.)

Pauline (ihre Fassung wiedergewinnend, ihn mit einem strafenden Blicke messend). Herr Max!

Max. Sie sehen mich so streng, so vorwurfsvoll an; Pauline, zweifeln Sie an meinen Worten? O, daß sich mir Gelegenheit böte, Ihnen zu beweisen, daß mir auf dieser Welt nichts höher gilt als Ihr Vertrauen, Ihre Liebe!

Pauline (plötzlich von einem Gedanken durchzuckt). Darf ich Sie auf die Probe stellen?

Max. Ich bitte Sie darum.

Pauline (lächelnd und ohne sich zu besinnen). So verlange ich von Ihnen, daß Sie — daß Sie die Opposition aufgeben gegen den Handelsvertrag.

Max (zurücktretend, außer sich. Pause). Daß ich ... die Opposition aufgebe ... gegen den Handelsvertrag?

Pauline. Darum bitte ich Sie.

Max. Nicht mehr und nicht weniger verlangen Sie von mir, als einen Gesinnungswechsel?

Pauline. Mißverstehen Sie mich doch nicht.

Max (ohne zu hören, frostig). O, mein Fräulein ... ich verstehe Sie vollkommen. (Nachdem er sich umgeblickt, mit unterdrückter Wuth.) Und was verlangt Mr. William Norton noch? — Gab er Ihnen sonst keine Instructionen?

Pauline. Ich will Ihnen erklären, Herr Max —

Max. Dessen bedarf's nicht, ich bin ganz im Klaren! O, ich Thor! Wie oft hat man mich gewarnt, mir versichert, daß Sie herzlos seien, und ich wies solche Beschuldigungen immer mit Entrüstung zurück; aber wenn ich auch Alles geglaubt hätte — Alles — nimmer hätte ich gedacht, (mit schneidendem Hohn) daß Sie sich zur Marionette erniedrigen würden, zur Marionette eines dreisten Diplomaten!

Pauline (mit von Thränen erstickter Stimme). Max, lassen Sie mich Ihnen erklären —

Max. Gott befohlen, Baronesse! (Wendet sich zum Gehen nach links.)

Pauline (mühsam ihre Thränen zurückhaltend, mit allen Zeichen der Bestürzung nach rechts ab).

Siebente Scene.

Max. Conrad und **Wänkler** (von rechts).

Conrad (Max aufhaltend). Heda, Max, wohin so eilig?
Wänkler (zieht sich, horchend, in den Hintergrund zurück).
Max. Ich ziehe mich zurück, Papa; ich bin als Redner vorgemerkt für die Budgetdebatte, die morgen stattfindet. Du begreifst, daß ich mich vorbereiten muß. Gute Nacht, Papa. (Will gehen.)

Conrad. Halt, Max, noch ein Wort, ich habe Dir etwas zu sagen.

Max. Ich kann mir denken, was Du mir sagen willst. — Ich kenne Deine Liebe zu mir und Deine Wünsche, Deine Pläne — und glaube mir, Papa, ich bin kein Undankbarer. — Ich heirate Emma.

Wänkler (macht fast einen Luftsprung).
Max. Morgen werde ich um ihre Hand anhalten. — Gute Nacht, Papa. (Rasch ab.)

Conrad (sieht ihm mit offenem Munde nach).

Wänkler. Der Plan wäre mißlungen! (Nähert sich Conrad, sieht ihm ins Gesicht. — Beide stehen, die Hände in den Hosentaschen einander schweigend gegenüber. Nach einer Pause.) Haben Sie sich aber colossal blamirt!

Conrad (zornig). Sie etwa nicht?

Wänkler. Ich nicht im Mindesten. Im Gegentheil! Ich habe die Satisfaction, wieder glänzend Recht zu behalten.

Conrad. Wieso denn?

Wänkler. Weil Max meine Tochter liebt, nicht die Baronesse! Auf meinen Falkenblick kann ich mich verlassen! (Rasch ab.)

Conrad (wüthend). Lassen Sie mich zufrieden mit Ihrem Falkenblick! (Auf der entgegengesetzten Seite ab.)

(Der Vorhang fällt.)

Vierter Act.

(Salon wie im ersten Act; festlich erleuchtet.)

Erste Scene.

Dorothea. Emma. Diener. Stubenmädchen. Dann **Wänkler.**

Dorothea. Rasch, rasch! (Diener und Stubenmädchen tragen Tafelaufsätze, Service und dergleichen in das Zimmer rechts.) Rasch, rasch! Wenn man nicht überall sein Auge hat, geht nichts vorwärts!

Emma. Was für eine Plage verursacht Dir Papa?

Dorothea (zu einem Stubenmädchen, das ein Paar Armleuchter trägt). Habe ich Ihnen nicht gesagt, daß Sie bei der Tafel bleiben sollen? (Ab nach rechts mit Emma. Man hört sie hinter der Coulisse Befehle ertheilen. Diener und Stubenmädchen kommen und gehen.)

Wänkler (durch die Mitte). Ah, da ist schon Alles lebendig; Frau Conrad ist doch eine prächtige Frau. (Tritt an die Thür rechts.) Ah, ah, magnifique! (Geht hinein, hinter der Scene.) Herrlich! wunderbar! großartig, großartig! (Tritt mit Frau Conrad am Arm wieder auf. Emma folgt ihnen.) Frau Conrad, Sie sind eine großartige Frau! Wie soll ich Ihnen danken! Die Tafel ist arrangirt, mit einem Geschmack, — arrangirt ist diese Tafel — ich finde keinen Ausdruck! (Zu Emma.)

Emma, da könntest Du etwas lernen. (Mit Pathos.) Aber so etwas läßt sich nicht lernen; das ist angeborenes Talent — eine Gabe der Götter!

Dorothea. O Sie Schmeichler! (Zu den Dienern und Stubenmädchen, die zurückkommen.) Seid Ihr fertig?

Diener. Alles in Ordnung, gnädige Frau! (Diener und Stubenmädchen, nachdem sie die Thüre rechts geschlossen haben, durch den Haupteingang ab.)

Dorothea. Die Tafel ist in Ordnung; nun muß ich nach der Küche sehen. Wenn man nicht überall sein Auge hat — (seufzend) so geht nichts vorwärts! (Durch den Haupteingang ab.)

Wänkler (sie bis an die Thüre begleitend). Frau Conrad, Sie sind eine großartige Frau!

Zweite Scene.

Wänkler. Emma. Dann **Schröffel.**

Wänkler. Emma, sieh dir Frau Conrad an und lerne. Wer weiß, wie bald Du selber wirst die Rolle der Hausfrau zu übernehmen haben.

Schröffel (aus dem Bureau). Herr Conrad noch immer nicht da?

Wänkler. Wie Sie sehen.

Schröffel. Die Post wird wieder versäumt; es ist 'was Schreckliches, wie man bei uns immer aufgehalten wird. Ja, Herr von Wänkler!

Wänkler. So heiß' ich!

Schröffel (von einem Blatte ablesend). „Von Wänkler, Privatconto. Zu erlegen an die englische Botschaft für die Ueberschwemmten dreihundert" — das soll natürlich dreißig Pfund heißen?

Wänkler (ihm über die Achsel auf das Blatt blickend). Schaffen Sie sich eine schärfere Brille an.

Schröffel (gereizt). Ich sehe, daß zwei Nullen dastehen.

Wänkler. Nun, ein Dreier mit zwei Nullen heißt nach meinen mathematischen Begriffen dreihundert.

Schröffel. Das ist keine Neuigkeit für mich, aber es

schien mir unglaublich, daß Sie den ohnehin so reichen Engländern so viel Geld in den Rachen stopfen.

Wänkler. Sind Sie mein Vormund?

Schröffel. Wenn ich Ihr Vormund wäre — (Wänkler klemmt das Monocle ein, sieht ihn an.)

Schröffel. Gehorsamer Diener, Herr von Wänkler! (Ab ins Bureau.)

Wänkler. Ein Grobian, dieser Schröffel!

Dritte Scene.
Wänkler. Emma.

Emma (ängstlich). Papa, Du sagtest vorhin, daß ich selber vielleicht bald die Rolle der Hausfrau...

Wänkler. Sagte ich das? Je nun — aber Du hast ja schon Dein neues Kleid angezogen, es steht Dir ganz vortrefflich, laß Dich doch einmal ansehen. Vortrefflich; — hm, hm; nun, mich wundert's nicht —

Emma. Was wundert Dich nicht, Papa?

Wänkler. Ja — da steckt das Geheimniß.

Emma. Was für ein Geheimniß?

Wänkler (sehr heiter). Darf's nicht sagen. Habe zu schweigen versprochen bis zum Abend. Es steht Dir eine angenehme Ueberraschung bevor.

Emma. Papachen, ich bitte Dich, sage es mir.

Wänkler. Es darf nicht sein, ich muß schweigen; und Du weißt wie ich zu schweigen vermag! Uebrigens könntest Du — es auch errathen.

Emma. Errathen, Papa?

Wänkler. Nun ja! (Kneipt sie in die Wange, sieht ihr lächelnd ins Gesicht.) Max... wie sie roth wird, wenn sie diesen Namen hört... Max hat um Deine Hand angehalten, heute Morgen; — daß Du Dir aber nichts merken läßt, hörst Du? Er will, daß es erst Abends bekannt werde. (Streichelt ihre Hand.) Vielleicht findet sich noch, eh' der Tag zu Ende geht, ein Ringlein mehr hier vor.

Emma (bei Seite). Eine schöne Ueberraschung! — Ach Gott! — Ohne mir vorher ein Wort zu sagen, hält er um mich an? Mit dem will ich deutsch reden! (Ab nach rechts.)

Vierte Scene.
Vorige. Conrad. Später **Schröffel.**

Conrad (mit Hut und Stock; athemlos zu Wänkler). Sie haben natürlich... den Nachmittag... spazierenreitend zugebracht... und wissen gar nicht... was vorgeht!

Wänkler. Was geht vor?

Conrad. Lassen Sie mich erst zu Athem kommen! (Wirft sich, keuchend, in einen Fauteuil.)

Wänkler. Kommen Sie zu Athem, ich werde Sie nicht dran hindern. (Pause; sich vor Conrad, der keuchend dasitzt, stellend.) Na, noch immer nicht bei Athem? Schanzen haben Sie doch keine gestürmt?

Conrad. Es handelt sich um Wichtiges, darum nur keine schlechten Witze.

Wänkler. Schlechte Witze mach' ich überhaupt nie; nur gute, dafür bin ich bekannt.

Conrad. Lassen Sie mich endlich zu Worte kommen.

Wänkler. Sie wollten ja erst zu Athem kommen.

Conrad. So hören Sie!

Wänkler. Das thu' ich auch ohne Aufforderung.

Conrad. Ja wollen Sie endlich —

Wänkler. Seien Sie nur nicht gleich so aufgeregt; ich bin der schweigsamste Mensch von der Welt.

Conrad. Daß mir Max heute Morgen gar kein Wort erwiderte, als ich ihm ohne Umschweife meine Meinung aussprach in Bezug auf den Handelsvertrag... daß er nur einen Augenblick die Achseln gezuckt hat, das wissen Sie. Wie gesagt, er zuckte die Achseln und ging.

Wänkler (ungeduldig). Das sagen Sie mir nun zum dritten Male; lassen Sie ihn zucken! (Setzt sich.)

Conrad (ärgerlich). Müssen Sie mich denn immer unterbrechen! Man kann mir gewiß nicht Schwatzhaftigkeit vorwerfen —

Wänkler (aufspringend). Mir vielleicht?

Conrad. — aber wenn ich sage, daß Max die Achsel gezuckt hat, so bedeutet das so viel bei Max, wie —

Wänkler. Daß er mit den Achseln gezuckt hat!

Conrad (zornig). Nein! daß er sich für den Augenblick nicht zu helfen weiß —

Wänkler. Sie aber auch nicht. (Setzt sich reitend auf den Stuhl.)

Conrad. — und zu einer raschen That entschlossen ist. Wissen Sie, was May nun unternommen hat?

Wänkler (frostig). Nein. (Er fängt an zu pfeifen.)

Conrad (unmuthig an ihm vorüber). Wollen Sie mich nun anhören?

Wänkler. Ich höre fortwährend.

Conrad (sich wieder setzend). Nun denn also: Um 11 Uhr begann die große Budget=Debatte. Zwei Redner hatten auf's Wort verzichtet —

Wänkler. Die Einleitung schenk' ich Ihnen.

Conrad (aufspringend). Na hören Sie! Ihnen was zu erzählen, dazu gehört die Geduld eines Lammes.

Wänkler. Ihnen zuzuhören, dazu gehört die Geduld von zwanzig Lämmern. Na, setzen Sie sich wieder; (zieht ihn auf einen Stuhl) ich rede keine Sylbe mehr.

Conrad. Um 11 Uhr begann die große Budget=Debatte. (Wänkler seufzt.) Zwei der Redner hatten auf's Wort verzichtet, und so war May der erste, der an die Reihe kam und nun eine Rede hielt, eine Rede —

Wänkler. Wie man seit Cicero keine mehr gehört hat. — Ich schweige schon.

Conrad. May fing damit an, daß er verschiedene Punkte des Budgets bemängelte und hie und da dem Finanzminister einen kleinen Nadelstich versetzte, ja sogar gegen den Ministerpräsidenten giftige Pfeile abdrückte. (Wänkler zieht seine Uhr hervor und behält sie in der Hand.) Scharf wies er nach, was für große, unverantwortliche Fehler von dem Ministerium begangen worden seien, und Alles, was er sagte, war so richtig, so treffend, und kurz und gut —

Wänkler (bei Seite). Das nennt er kurz!

Conrad. — als es zur Abstimmung kam, da zeigte es sich, was ein begabter Redner zu bewirken im Stande ist: das Ministerium hatte eine eklatante Niederlage erlitten.

Wänkler (aufspringend). Mir will fast scheinen, daß Sie sich darüber freuen; es ist unglaublich! den Ministerpräsidenten anzugreifen, einen Staatsmann von solcher Bedeutung.

Conrad. Sagen Sie, was Sie wollen, mein Sohn ist doch ein ausgezeichneter Mensch.

Wänkler (bei Seite). Vaterstolz! — Der Mensch hat Schwächen!

Conrad. Aber zum Schluß die Hauptbombe: es heißt, das gesammte Ministerium habe seine Demission gegeben.

Wänkler. Na hören Sie, das wäre ein großes Unglück! Ich will nicht hoffen, daß diese Nachricht sich bestätigt.

Schröffel. Na, da sind Sie endlich, Herr Conrad! (Zu Wänkler.) Herr Redacteur Stahl erwartet Sie im Bureau.

Wänkler. Der bringt gewiß wichtige Nachrichten. (Ludmilla's Stimme hinter der Scene; horchend.) Schwägerin Ludmilla und Pauline; die muß ich empfangen. Ich komme gleich. (Durch den Haupteingang ab.)

Conrad (im Abgehen). Ich bin ungemein gespannt!

Schröffel. Bitte nur gleich um die Urkunde; 's ist höchste Zeit!

Conrad (kratzt sich hinterm Ohr). Ich fand keine Zeit, zum Doctor zu gehen.

Schröffel. Hab' 's ja gewußt!

Conrad. Was haben Sie gewußt?

Schröffel. Daß Sie vergessen.

Conrad. Wer sagt, daß ich vergessen habe; ich bitte Sie! (Er geht polternd mit Schröffel ab.)

Fünfte Scene.
Ludmilla. Wänkler. Später **Stubenmädchen.**

Ludmilla (von Wänkler hereingeführt, sich umwendend). Pauline!

Wänkler. Aber so lassen Sie sie doch, verehrte Schwägerin! Frau Conrad hat gewiß wichtige Comité=Angelegenheiten mit ihr zu besprechen.

Ludmilla. In diesem Falle sollte ich zugegen sein.

Wänkler. Gewiß; aber Sie irren, liebe Schwägerin, wenn Sie glauben, daß ich Sie so ohne Weiteres ziehen lasse. — Nach so langer Zeit endlich einmal ein Augenblick, da man Sie ohne Zeugen sprechen kann, und ich sollte diesen Augen= blick nicht festhalten? — Dieser Augenblick ist mir nicht um das gesammte Gold Peru's feil, nicht um alle Schätze Indiens.

Ludmilla. Das dürfen Sie getrost versichern; es findet sich Niemand, der Sie auf die Probe stellt.

Wänkler. Könnten Sie es denn für möglich halten, daß irgend etwas auf dieser Welt einen höheren Werth für mich hätte, als das Glück, Ihnen nahe zu sein?

Ludmilla. Sie vergessen unsere feierlich abgeschlossenen Verträge!

Wänkler. Durchaus nicht. Von heute an hab' ich das Recht, Ihnen von Liebe zu sprechen. Diesen Abend findet die Verlobung meiner Tochter mit May statt.

Ludmilla (spöttisch). Ist das gewiß?

Wänkler. Ganz gewiß.

Ludmilla. Unser Vertrag lautet aber: erst wenn Emma verheiratet ist...

Wänkler. Ludmilla, blicken Sie mir ins Auge; lesen Sie denn nicht darin, wie die Sehnsucht mich verzehrt?

Ludmilla (mit der Lorgnette: achselzuckend). 's thut mir leid: von Sehnsucht finde ich nichts; dagegen von Debatten, Amendements, Handelsverträgen...

Wänkler. Theuerste Ludmilla! Nichts auf unserm ganzen Erdenball hat jetzt Interesse für mich, als Sie, Ludmilla! O, daß ich im Stande wäre, für mich selbst das Wort zu führen, wie ich's oft für Andere gethan: aber da ich schildern möchte, wie ich Sie anbete, wie die Flammen meines ganzen Dichtens und Trachtens zu einer einzigen Feuersäule zusammenschlagen, die lodernd den Felsen hinanklettert, auf dem die herrlichste aller Rosen blüht und funkelt, da erlahmt meine Zunge; ich suche vergebens nach Worten; ich verstumme — und schweigend steh' ich da und vermag Alles, was mich bewegt, nur auszudrücken durch einen einzigen stummen, bittenden Blick meines Auges, — denn reden kann ich nicht!

Ludmilla. Ihre Art zu schweigen ist ohne Zweifel ungemein beredt; und mit was für wundersamen Metaphern geschmückt: die hinankletternde Feuersäule, die funkelnde Rose...

Wänkler. Der Mangel an Logik beweise Ihnen den

Ueberfluß an Leidenschaft! Ludmilla, zum ersten Mal in meinem Leben... (Breitet sein Taschentuch auf den Boden, kniet.)

Ludmilla. Was thun Sie?

Wänkler. Nicht eher stehe ich auf, als bis Sie mir das langersehnte Jawort gegeben.

Ludmilla. Aber ich bitte Sie —

Wänkler. Nicht eher, Ludmilla, ich schwöre es Ihnen bei meiner Liebe! Ich stehe nicht auf —

Stubenmädchen (kommt von rechts). Herr von Wänkler —

Wänkler (springt auf, zornig). Was wollen Sie? was suchen Sie hier? (Nähert sich, ihr, ohne sie anzusehen, sein Ohr hinhaltend.) Rasch, rasch, rasch! (Nachdem sie ihm etwas zugeflüstert.) So, so! (Zu Ludmilla.) Emma will Herrn Max sprechen: da wollen wir durchaus nicht im Wege stehen, nicht wahr? (Bietet Ludmilla den Arm, dem Stubenmädchen zunickend.) Lassen Sie Herrn Max eintreten. (Im Abgehen.) Hab' ich meine Leute gut gedrillt? Kein Geheimniß gibt's vor mir in meinem Hause; ich bin das Centralohr, in das alle Schallwellen einströmen. (An der Thür.) Ihr Jawort, Ludmilla, auf den Knien bitte ich Sie darum.

Ludmilla. Sie knien ja nicht mehr.

Wänkler. O ja, innerlich; innerlich knie ich vor Ihnen. — Ein leiser Druck Ihrer Hand soll mir als Jawort gelten!

Ludmilla (reicht ihm die Hand).

Wänkler. Sie sind ein Engel! O, daß ich hundert Knie hätte, Ihnen gebührend meinen Dank und meine Verehrung auszuknien. (Beide ab ins Bureau.)

Sechste Scene.

Stubenmädchen. Max. Dann **Emma.**

Stubenmädchen (ruft zur Mittelthür hinaus). Herr Doctor, Herr Doctor! (Max tritt ein.) Einen Augenblick: ich eile das Fräulein zu verständigen.

Max. Ich warte hier.

Stubenmädchen (läuft zur Thür rechts). Da ist das Fräulein schon. (Durch den Haupteingang ab.

Siebente Scene.
Max. Emma.

Emma (nach kurzer Pause bei Seite). Der wird sich wundern, wie ich energisch mit ihm reden werde. (Schöpft Athem.)

Max. Fräulein Emma?

Emma (sieht ihn an, will reden, seufzt; immer verlegener). Herr... Herr Max. .

Max. Ich stehe zu Diensten; Sie haben mir etwas zu sagen?

Emma (bei Seite). Sein Blick wird mich doch nicht einschüchtern; vorwärts! (Energisch.) Allerdings, (da sie ihn ansieht, ganz schüchtern und immer leiser) allerdings... das heißt... ich wollte... Ihnen etwas mittheilen... aber...

Max. Nun, mein Fräulein?

Emma. Ich kann jetzt nicht, ich weiß nicht wie ich es anfangen soll.

Max (lächelnd). Versuchen Sie es nur; es wird schon gehen.

Emma (weinerlich). Sie haben um meine Hand angehalten?

Max (frappirt). Sie wissen schon davon? (Unwillkürlich lächelnd.) Sie scheinen darüber aufs Freudigste überrascht zu sein!

Emma. Herr, Herr Max... ich... ich)...

Max (bei Seite). Ich werde verschmäht; dafür will ich mich ein wenig rächen. (Laut.) Sie haben vielleicht erwartet, liebe Emma, daß ich vorher mit Ihnen spreche —

Emma. Ja, Herr Max!

Max. — aber sehen Sie, meine angeborene Schüchternheit hat mich davon abgehalten. Meine Schüchternheit ist eben so groß — wie meine Liebe zu Ihnen (Emma wirft finstere Blicke auf ihn) und jeder Ihrer Blicke sagt mir ja deutlich genug, wie von Herzen Sie meine Liebe erwidern.

Emma (immer weinerlicher). Aber, ich bitte Sie, Herr Max —

Max. Wir waren von Kindheit an für einander bestimmt; wenn aber auch das Gegentheil der Fall gewesen wäre, (stürmisch) Du hättest mein Weib werden müssen, um jeden Preis!

Emma (für sich). Er duzt mich schon; ich bin verloren! (Bricht in Thränen aus.)

Max. Sogar Freudenthränen? O, wie glücklich bin ich, so geliebt zu werden! (Umarmt sie.)

Emma (reißt sich zornig los; schluchzend). Nein, es sind keine Freudenthränen! — Ach, ich bin ja so unglücklich! (Birgt ihr Gesicht, das Taschentuch an die Augen drückend, an seiner Brust.)

Max. Was muß ich hören?

Emma (weinend). Seien Sie mir nicht böse, Max; ich schätze Sie ja so hoch, ungemein hoch —

Max. Aber lieben können Sie mich nicht?

Emma. Nein — ah — doch, doch, Herr Max, von ganzem Herzen, jedoch wie... eine Schwester... den Bruder.

Max (lachend). Na, endlich ist das Geheimniß heraus.

Emma. Sie sind nicht böse auf mich?

Max. Durchaus nicht.

Emma. Ich habe Ihnen nicht wehe gethan?

Max. Nicht im Geringsten!

Emma (aufjauchzend). Ach, dann bin ich ja überglücklich! — So hat mein guter Papa sich wirklich geirrt — und Pauline hat Recht.

Max (die Augenbrauen zusammenziehend). Was meinen Sie damit, Fräulein Emma?

Emma (verwirrt). Ich, ich... ich meine damit... Ach, ich bin so vergnügt! Sie sind ein so guter Mensch, Herr Max...

Max. Na, na, na!

Emma. Und... (mit veränderter Stimme) und doch dabei... auch ein böser Mensch!

Max. Wie verstehe ich das?

Emma. Sie sind ein Gegner des Handelsvertrages!

Max (blickt sie verdutzt an; Pause). Des Handelsvertrages! Sie auch! — Wollen Sie mir gefälligst sagen, Fräulein Emma, was für ein Interesse Sie an diesem Vertrage haben?

Emma (offenherzig). O, ein sehr großes; denn... denn Mr. William Norton soll... soll Gesandter werden, wenn, wenn... der Handelsvertrag abgeschlossen wird.

Max (gedehnt). So? — Und Mr. William Norton scheint Miß Emmy nicht ganz gleichgültig zu sein?

Emma. Aber ich bitte Sie... verrathen Sie mich nicht. Wenn er Gesandter ist, will er um meine Hand anhalten;

nur Pauline weiß davon. (Treuherzig.) Darum war sie so gut, bei Ihnen — Sie strenger Mann — ein Wörtchen für den Handelsvertrag einzulegen.

Max (gleichzeitig hoch erfreut und beschämt). Nicht möglich! Das also war die Ursache?

Emma. Ja, Herr Max. Und Sie haben das gute Mädchen so scharf zurückgewiesen. — Das wird Sie Ihnen nie verzeihen.

Max. Ach, liebes Fräulein Emma, weil ich außer mir war über Paulinens Zumuthung, die mich tief verletzte, und weil ich glaubte, sie habe sich von dem Secretär dazu bereden lassen.

Emma. Nicht mein Secretär, ich habe dies gethan; drum will ich's jetzt auf mich nehmen, Euch wieder zu versöhnen.

Max. Das wollten Sie?

Emma. Fassen Sie nur Muth; ich intervenire! Und zwar als angehendes membre du corps diplomatique.

Max (sich erschrocken stellend). Um Gottes willen! — Wenn ich bitten darf: lieber als Emma von Wänkler.

Emma. Wissen Sie was? Kommen Sie gleich mit; ich führe Sie zu Pauline; gehen wir gleich ans Werk. (Seinen Arm nehmend.) Ah, Sie werden staunen über meine diplomatische Geschicklichkeit. (Beide nach rechts ab.)

Achte Scene.

Wänkler. Norton. Diener. Dann **Emma. Ludmilla.**

Wänkler (Norton am Arme hereinführend; Diener folgt in einiger Entfernung). Nun sagen Sie mir, theurer Legationssecretär, halten Sie es denn für möglich, daß die Demission des Ministeriums angenommen wird?

Norton (sehr kleinlaut). Leider ist kein Zweifel mehr.

Wänkler. So! (Den Diener bemerkend; zornig.) Was wollen Sie denn? — Ach so. (Diener meldet ihm etwas leise.) Gut. — Halt! (Ihm ins Ohr flüsternd.) Hören Sie, die Gypsbüste des Ministers drin in meinem Zimmer... Gehen Sie recht ungeschickt — das gelingt Ihnen doch — recht ungeschickt daran vorüber — so daß der Minister... (Deutet mimisch das zur Erde fallen an.) Ich will ihn nicht mehr sehen. Verstanden? — Aber gleich! (Diener nickt, reibt sich vergnügt die Hände, ab nach rechts.)

Wänkler. Nun sagen Sie mir, mein guter Mr. Norton... aber die Ehre wird mir doch wohl zu Theil werden, die edle, mächtige englische Nation zu vertreten?

Norton (schüttelt den Kopf). Ich will Sie nicht tauschen, Mr. Wänkler.

Wänkler. Also nicht?

Norton. Niemand bedauert es heißer als ich.

Wänkler. Heißer? (Bei Seite.) Elendes Krämervolk diese Engländer; Baumwollschacherer! (Laut.) Mir thut's eigentlich hauptsächlich um Sie leid, Sie kommen gewiß um ein bedeutendes Avancement?

Norton. Das wäre mir noch das Geringste. Aber ich wollte als Bewerber auftreten um die Hand eines Mädchens aus vornehmem Hause; — als einfacher Secretär darf ich das nicht wagen.

Wänkler. Treten Sie auf, lächerlich! Ein junger Mann von solchem Talente, dem die Zukunft offen steht; jeder Vater müßte sich ja glücklich schätzen.

Neunte Scene.
Vorige. Emma. Ludmilla.

Emma (ist mit Ludmilla während der letzten Worte von rechts eingetreten; hastig). Wir lassen die beiden Leutchen mit einander allein. (Nähert sich Norton.)

Norton (hat sich nach Emma umgewendet). Das gibt mir den — die Muth Ihnen zu sagen...

Wänkler. Reden Sie, reden Sie!

Norton (Emma an der Hand nehmend). Das erwähnte Mädchen — ist Ihre Tochter, Mr. Wänkler.

Wänkler. Wie! was! meine, meine Tochter? (Starrt ihn an.)

Emma. Ja, mein liebes, gutes Papachen!

Wänkler. Das ist ja unerhört; meine, meine Tochter!

Emma (flehend). Mein lieber Papa!

Wänkler (sie abwehrend). Ich bitte Dich! — es ist unglaublich! Hinter meinem Rücken; darum also interessirtest — ah! so also calculirtest Du? mich zu überrumpeln? Da bist

Du aber gewaltig auf dem Holzwege. Ich bin nicht der Mann, der sich überrumpeln läßt. Hörst Du? Ich nicht. (Faßt sie an der Hand, zieht sie nach vorn.) Einem Engländer, einem von diesem egoistischen Krämervolke? — Niemals!

Emma (ihm ins Ohr). Geh', Papa, noch gestern wußtest Du diese Engländer nicht genug zu rühmen.

Wänkler (mit durchbohrendem Blick). Emma!

Emma. Wenn Du mich auch noch so bös anblickst, es ist doch so. Und ich heirate nun einmal keinen Andern, das sag' ich Dir, Papa!

Wänkler (die Fäuste ballend). Du, Du, Du ungerathenes —

Emma (ebenso). Und nein, nein, nein!

Wänkler (bei Seite). Das ist meine Tochter! (Laut.) Ich sage Dir! (Bei Seite.) Diese Energie — mein Blut. (Laut.) Und ich wiederhole Dir: niemals!

Norton. Ich bin so bestürzt, daß ich keine Worte... aber wenn Sie nicht selber mir gesagt hätten: jeder Vater müsse sich glücklich schätzen —

Emma. Ja, das sagtest Du! Jeder Vater müsse sich glücklich schätzen —

Wänkler (einen Augenblick stumm). Bin ich jeder Vater? Bin ich nicht ein Vater, wie man einen zweiten gar nicht mehr findet? Ah, wenn Sie mir so kommen; nein! (Zu Emma.) Unter keiner Bedingung!

Ludmilla (ihm ins Ohr flüsternd). Sie sollten gar nicht so großes Aufsehen machen; das Renommée Ihres Blickes könnte darunter leiden.

Wänkler. Meines — meines Blickes? (Schnell gefaßt, leise.) Ja, glauben Sie denn wirklich, daß mir das unerwartet kam? — ist ja nur Verstellung.

Zehnte Scene.

Vorige. Waldhof. Conrad. Max. Pauline. Dorothea. Diener.

Waldhof. Herr von Wänkler, ich bringe Ihnen zwei Neuigkeiten. Die Reconstruction des Ministeriums ist vollzogen; die Demission des Herrn Ministerpräsidenten wurde angenommen; an seine Stelle tritt Seine Excellenz der Herr

Staatsminister. Das Portefeuille des Handelsministeriums haben Seine Majestät meinen Händen anvertraut.

Conrad (ihm die Hand schüttelnd). So kann der Handelsvertrag als beseitigt betrachtet werden?

Waldhof. In den Grundzügen, wie er bisher projectirt war, gewiß.

Wänkler. Ein wahres Glück; es wäre Wahnsinn gewesen! (Schüttelt Waldhof die Hand.)

Conrad. Was den Ministerpräsidenten betrifft —

Wänkler (hastig). — Der war kein Staatsmann! Der politische Blick fehlte ihm! ich hab' es immer gesagt. (Lautes Gepolter rechts hinter der Scene, Wänkler für sich.) Aha, er hat schon seine Demission! (Laut zu Waldhof.) Und Neuigkeit Nr. 2?

Waldhof. Hier stelle ich Ihnen ein glückliches Brautpaar vor. (Stellt Max und Pauline vor.)

Wänkler (Emma und Norton vorziehend). Damit kann ich auch dienen.

Emma (ihn küssend). Süßer Papa! (Allgemeine Gratulation.)

Diener. Es ist servirt.

Dorothea. Ihren Arm, Excellenz! (Alles wendet sich zum Gehen.)

Wänkler (der ganz vorn neben Conrad steht, leise). St, Conrad! (Conrad neigt den Kopf, Wänkler flüstert ihm ins Ohr.) Aber Ihre Baronie ist tief in den Brunnen gefallen.

Conrad (leise). Wänkler! (Ebenso zu Wänkler.) Just so tief wie Ihr Consulat.

Wänkler (Conrad umarmend). Aber der Handelsvertrag wird nicht abgeschlossen; das ist mein Trost! (Folgen Arm in Arm den Vorangehenden.)

(Der Vorhang fällt.)

Ende.

Druck von Johann N Bernay.